KB078688

The Record of

재중
귀환록

FUSION FANTASTIC STORY

푸른 하늘 장편 소설

재중 귀환록 13

푸른 하늘 장편 소설

초판 1쇄 찍은 날 § 2015년 3월 27일
초판 1쇄 펴낸 날 § 2015년 4월 3일

지은이 § 푸른 하늘
펴낸이 § 서경석

편집부장 § 권태완
편집책임 § 박가연

펴낸곳 § 도서출판 청어람
등록번호 § 제387-1999-000006호
등록일자 § 1999. 5. 31
어람번호 § 제1-2088호

주소 § 경기도 부천시 원미구 부일로 483번길 40 서경B/D 3F (우) 420-822
전화 § 032-656-4452 팩스 § 032-656-4453
http://www.chungeoram.com
E-mail § chungeorambook@daum.net

The Record of
Dragon's Return

재중
귀환록

13

왕의 오솔길

푸른 하늘 장편 소설

FUSION FANTASTIC STORY

청어람
도서출판

CONTENTS

Chapter 01
방심할 수 없는 여자

재중귀환록

씨익~

재중은 자신을 향해 양팔을 크게 벌리면서 다가오는 캐롤라인을 향해 미소를 짓더니 손을 쭉 뻗었다.

콕.

"엥?"

캐롤라인은 웃는 얼굴로 자신을 받아줄 것 같던 재중이 갑자기 손가락으로 자신의 이마를 눌러 막자 눈을 동그랗게 뜨고 이유를 묻는 듯 쳐다보았다.

씨익~

그런데 재중은 대답 대신 한 번 더 웃고는 그대로 몸을 돌려 버리는 것이 아닌가?

뒤돌아선 재중의 등을 본 캐롤라인의 표정이 순식간에 아깝다는 듯 탄식이 섞인 표정으로 변했다.

"쳇, 이 정도 분위기면 성공할 줄 알았는데……."

조금 전까지 재중에게 보이던 순진한 표정은 어느새 사라져 있었다.

대신 먹잇감을 놓친 한 마리의 야수 같은 눈빛이 번들거리는 캐롤라인이다.

그런 그녀를 본 천서영은 자신도 모르게 주먹을 불끈 쥐었다.

방심할 수 없는 여자.

조금만 한눈팔면 어떤 돌발 행동을 할지 모르는 여자.

무엇보다 예측이 불가능한 여자가 바로 캐롤라인이었다.

지금도 이 아주 짧은 순간에 재중의 분위기가 좋다는 걸 읽고 재중의 품에 안기려는 계획을 짠 것이다.

하지만 더욱 놀라운 것은 그걸 머릿속에서 떠올리자마자 바로 행동으로 옮겼다는 것이다.

천서영이 바로 옆에서 지켜보고 있는데도 말이다.

"대단한 성격이네요."

"그러게요."

한 박자 늦긴 했지만 지금 재중과 캐롤라인 사이에서 잠깐 벌어졌던 보이지 않는 싸움을 이해하게 된 SY미디어 직원들은 감탄할 수밖에 없었다.

그동안 연아와 함께 움직이면서 어느 정도 친분을 쌓다 보니 자연스럽게 캐롤라인의 진정한 직업과 배경을 알게 된 그들이다.

물론 그녀가 대단한 사람인 것은 맞지만, 연인인 천서영이 있는데 대놓고 이렇게 직접적으로 재중에게 스킨십을 시도할 줄은 그 누구도 몰랐다.

아니, 재중에게 캐롤라인이 안겼다고 해도 사실 그 누구도 이상하게 생각하지 않았을 만큼 분위기가 좋았었다.

그리고 그게 바로 빈틈이었고 말이다.

하지만 그걸 바로 읽고 이용한다는 것은 평범한 사람들은 도무지 생각할 수도 없는 일이다.

남들이 보기에는 정말 혀를 내두를 감각과 능력이다.

하지만 캐롤라인의 직업과 배경을 생각하면 그다지 이상하지 않은 일이기도 했다.

캐롤라인 특유의 분위기를 읽는 능력.

그것은 아마 국제적으로 유명한 모델 생활 덕분일 것이다.

모델 업계라는 것이, 그 특유의 환경 탓에 워낙에 빠르게

1초마다 변하는 세계다 보니 주변 분위기를 읽고 적응해 가는 경험을 빠르게 쌓을 수 있고, 그 경험을 통해 저러한 능력도 얻을 수 있었을 것이다.

그리고 마음을 먹으면 바로 행동으로 옮기는 결단력.

어쩌면 그것은 태어날 때부터 가지고 있었을 가능성이 상당히 높았다.

누가 뭐래도 그녀는 시우바 회장의 핏줄이 아니겠는가.

시우바 회장은 브라질에서도 과감한 결단력과 누가 뭐라고 하든 밀어붙이는 뚝심으로 유명했다.

그리고 그런 시우바 회장의 친손녀인 캐롤라인이면 오죽하겠는가?

더하면 더하지 못하진 않을 것이 당연했다.

물론 지금 휴가를 온 상태에다 전체적으로 분위기가 좋았기에 그냥 웃으면서 넘길 수 있는 상황이었다.

하지만 사실 다른 때였다면 캐롤라인이 상당히 민망할 수도 있는 경우였다.

그러나 다른 사람은 모를 것이다.

캐롤라인은 상당히 높은 가능성으로 재중이 자신을 거부할 것을 예상했다는 것을 말이다.

즉 그냥 눈 딱 감고 지른 셈이다.

재중이 받아주면 그것만큼 좋은 것도 없는 일이다.

하지만 재중이 캐롤라인을 거부한다고 해도 분위기가 워낙 좋았다.

거기다 자신은 방금 이곳에 도착했기에 얼마든지 얼버무릴 수 있다는 계산을 빠르게 마친 그녀였다.

그래서 그냥 못 먹는 감 찔러나 본다는 생각으로 움직인 것이다.

물론 예상대로 재중이 거절했지만 말이다.

그런데 오히려 거절당한 캐롤라인은 웃고 있었다.

반면에 재중의 곁을 허락받은 천서영의 표정은 살짝 굳어버렸다.

씨익~

그리고 살짝 굳은 천서영을 향해 캐롤라인이 알 수 없는 미소를 보이자,

멈칫.

천서영의 표정은 조금 더 굳어버렸다.

하지만 곧 굳어 있던 천서영은 표정을 풀고 캐롤라인의 곁으로 다가서기 시작했다.

"헛, 말려야 되는 거 아니야?"

연예계에 발을 담고 있는 SY미디어 직원들이다.

당연히 그들의 눈치도 남부럽지 않았다.

다들 웃고는 있지만 천서영과 캐롤라인의 미묘한 감정싸

움을 진작부터 눈치채고 있었다.

다만 최대한 조용히 넘기고 좋은 분위기를 유지하려고 웃고 있었던 것이다.

하지만 갑자기 천서영이 캐롤라인을 향해 움직이자 놀랄 수밖에 없었다.

사실 세상에서 가장 유치하지만 감정적으로 피할 수 없는 싸움이 바로 사랑싸움이 아니던가?

거기다 천서영이 재중의 일편단심 해바라기라는 것은 이미 소문이 날 대로 난 상황이다.

그런데 이곳에 재중이 허락해 주지 않아서 그간 혼자서 속앓이 하던 천서영의 사정을 모르는 사람이 없었다.

그런데 그런 힘든 짝사랑이 드디어 결실을 맺는 순간, 기다렸다는 듯 방해자가 나타난 것이다.

이건 누가 봐도 일촉즉발의 상황일 수밖에 없었다.

그나마 다행인 건 캐롤라인과 천서영이 평소에도 서로 친분이 있는 사이라는 점이었다.

최악의 경우 머리카락 잡고 흔드는 사태까지는 가지 않을 터였다.

하지만 한번 가라앉아 버린 분위기는 상당히 오래갈 것이 분명했다.

자연히 SY미디어 직원들은 긴장할 수밖에 없었다.

휴가 첫날부터 싸움이 벌어지는 걸 반길 사람이 어디 있겠는가?

직원들은 내심으로는 둘 사이에 끼어들어서라도 말리고 싶지만 그럴 수가 없었다.

천서영은 천산그룹 회장의 손녀이고 캐롤라인은 시우바 그룹의 손녀였으니 말이다.

그들 같은 일개 사원이 끼어들기에는 두 사람의 배경이 너무 거대한 것이다.

씨익~

그런데 캐롤라인 앞에 다다른 천서영이 돌연 입가에 미소를 보이는 것이 아닌가?

씨익~

거기다 캐롤라인도 천서영의 미소에 대답하듯 환하게 미소를 짓는다.

짝!

그러고는 마치 하이파이브를 하듯 캐롤라인이 손을 살짝 위로 올리자 천서영이 기다렸다는 듯 손뼉을 마주쳤다.

"뭐 선수는 뺏겼지만 난 포기 안 해, 서영."

캐롤라인이 선언하듯 말하자,

"알아요. 하지만 쉽진 않을 거예요."

천서영이 마치 캐롤라인은 인정한다는 듯 대답하는 게

아닌가?

천서영과 캐롤라인이 어떻게 이리 친해진 것인지 알 길이 없는 직원들은 어리둥절할 수밖에 없었다.

반면 연아는 구석에서 조용히 웃고 있다.

그녀는 천서영과 캐롤라인이 재중 때문에 서로를 미워하는 단계는 훨씬 지났다는 것을 잘 알고 있었다.

이미 재중 때문에 고생한 것이 천서영뿐만이 아니었으니 말이다.

물론 서로 비슷한 상황에 마음이 통하는 구석도 많아서 많이 친해진 이유도 있었다.

"자자, 이제 놀아야죠. 휴가는 노는 겁니다. 그리고 휴가는 영원하지 않아요. 안 그래요?"

분위기가 절정에 달하자 연아가 끼어들면서 사람들의 시선을 확 빼앗아 버렸다.

타이밍 하나는 기가 막혀서 모두가 조금 전의 긴장은 잊고 단숨에 연아에게 집중했다.

"놀려고 여기까지 왔는데 못 놀면 손해이지 않아요?"

"그야 그렇죠."

"하긴 휴가는 정해져 있으니까."

"그렇죠."

순식간에 SY미디어 직원들 머릿속에서 캐롤라인과 천서

영의 사랑싸움이 사라져 버렸다.

대신 직원들은 정해진 기간 안에 어떻게 재미있게 놀아야 할지 궁리하기 시작했다.

그때 이태형 이사가 나섰다.

"시간은 기다려 주지 않는다네. 안 그런가?"

이태형 이사가 기다렸다는 듯 앞으로 나서면서 직원들에게 간단하지만 핵심적인 말을 했다.

직원들 모두가 고개를 크게 끄덕이더니 빠르게 밖으로 나갔다.

방금 도착했는데 아직 아무것도 한 것이 없다는 것을 깨달은 것이다.

그렇게 직원들이 모두 나간 뒤, 이태형 이사가 연아를 돌아보면서 살짝 윙크를 했다.

연아는 그 모습에 미소를 참지 못하고 응답하듯 웃으며 고개를 끄덕였다.

이태형 이사가 어떻게 연예계에서 버티며 꾸준히 인맥을 유지하고 있는지 살짝 엿볼 수 있는 대목이었다.

확실히 눈치 하나만큼은 훌륭했다.

Chapter 02
나쁜 남자

재중귀환록

"이걸 좋아해야 되는 건지. 쩝."

연아는 모두가 나가고 천서영과 캐롤라인만 남게 되자 바로 자신의 본심을 말했다.

재중이 제발 결혼하기를 바란 것은 다름 아닌 연아였다.

재중 옆에 여자가 다정하게 서 있기를 바란 것은 그동안 빌었던 연아의 소원이었다.

당연히 결혼을 하려면 연애를 해야 하는 것이 우선 과제였으니 재중의 곁에 천서영이 자리하게 된 것만으로도 연아에게는 엄청난 성과라고 할 수 있었다.

다만 캐롤라인을 순간 잊고 있었다는 것이 지금 연아가 난감한 표정을 짓는 이유였다.

개인적으로는 분명 기쁜 상황인데 연아가 마냥 좋아할 수가 없는 것도 바로 이 때문이다.

개인적인 관계를 떠나 현재 연아가 하려는 카페 프랜차이즈 사업에 천서영과 캐롤라인이 모두 연결되어 있는 상황이기에 더더욱 그랬다.

비즈니스적으로도, 개인적인 친분으로도, 재중과 관련된 삼각관계로도 모두 연결되어 있는 것이 바로 캐롤라인과 천서영, 그리고 연아였다.

어떻게 보면 정말 단단한 관계이기도 하지만 살짝 삐끗하는 순간, 그 결과를 생각하면 마냥 좋아하기에는 문제가 있었으니 말이다.

사업을 시작하기도 전에 크게 휘청거릴 수도 있는 위험도 함께 가지고 있는 양날의 검인 셈이다.

물론 재중이 그런 점까지 생각하고 천서영을 곁에 서도록 허락하진 않았을 것이다.

짧지만 재중의 곁에 있어오면서 연아가 느낀 것은 재중은 의외로 즉흥적인 면이 많다는 것이었다.

연아는 굳이 지금 천서영과 재중이 커플이 된 이유는 몰랐다.

하지만 재중의 마음에 변화가 생겨서 받아들인 상황일지도 모른다는 생각이 들었다.

말하자면 즉흥적이긴 연애라고 할까.

물론 이걸 입 밖으로 꺼낼 연아는 아니다.

천서영도 연아가 생각하는 것처럼 재중이 자신을 받아준 이유에 대해 이미 짐작하고 있을지도 몰랐다.

하지만 이유가 무엇이든 간에 기회를 잡은 것에 만족하고 있는 것이다.

'나쁜 남자야. 진짜 내 오빠지만.'

여자로서 보면 재중은 정말 나쁜 남자다.

아니, 나쁜 남자 딱 그 자체였다.

하지만 어쩌겠는가?

나쁜 남자라고 하지만 천서영과 캐롤라인은 좋다고 매달리는데 말이다.

객관적으로 여자의 시선으로 보면 재중은 정말 최악의 남자였다.

하지만 가족인 연아의 입장에서 재중은 최고의 오빠임이 분명하다.

참 아이러니할 수밖에 없었다.

"그보다 알리시아 공주를 만났다면서?"

캐롤라인이 문득 생각났다는 듯이 천서영을 향해 물어보

왔다.

"웅, 재중 씨가 어떻게 공주님을 알고 있는지는 잘 모르
지만 친한 눈치던데?"

"그래? 재중 씨는 이제 스페인 왕족과도 인맥이 있는 건
가? 참 대단한 남자야."

마치 양파와도 같이 깔수록 끝없이 무언가 새로운 것이
튀어나온다.

그런 재중의 모습에 캐롤라인은 묘한 웃음을 지었다.

"그런데 왜 만났어?"

캐롤라인은 브라질로 출장을 가서 전혀 아는 것이 없었
다.

천서영에게는 연적이기도 하지만 한편으로는 사업 파트
너이기도 한 캐롤라인이다.

천서영은 캐롤라인에게 자신이 처음 버즈 알 아랍 호텔
로 가는 순간부터 시작해서 그곳에서 벌어진 모든 일을 이
야기해 주었다.

"헐! 대단한 공주님이네."

왕가의 약혼이란 것이 얼마나 무거운 일인지 캐롤라인도
어느 정도 알고 있다.

그렇기에 더더욱 알리시아 공주의 선택에 감탄할 수밖에
없었다.

상대는 두바이 왕자였다.

하지만 알리시아 공주는 신승주를 선택했다.

신승주도 나름 음악계에서는 알아주는 천재이긴 하다.

하지만 아무리 그렇더라도 두바이 왕자에 비하면 당연히 손색이 많은 것이 사실이었다.

특히나 스페인 국왕이 직접 정한 약혼이 아니던가?

그런데 그걸 공주가 개인적으로 깨뜨려 버린 것이다.

캐롤라인으로서는 자세한 것은 알 수 없지만 국왕이 정한 약혼을 마음대로 깨뜨린 것은 보는 시각에 따라 스페인 왕가에 대단히 치욕적인 일일 수도 있었다.

거기다 알프레도 6세가 먼저 신청한 약혼이다.

즉 스페인 왕가에서 약혼을 하자고 제의하고, 이제 와서 다른 사랑을 찾았으니 그만 약혼을 취소하자고 일방적으로 파기한 것이나 다름없었다.

한마디로 두바이 왕가를 농락했다고 해도 할 말이 없는 상황이 되어버린 것이다.

물론 알리시아 공주로서는 정말 억울할 수도 있는 일이다.

그러나 그녀가 공주로서 혜택을 누리고 살았다면 그만큼 책임도 뒤따르는 법이다.

왕가의 공주로서 무엇 하나 모자람 없이 살아왔다면 왕

가의 체면을 위해서 정략결혼을 하는 것은 어쩌면 당연한
일일 수도 있었다.

물론 현실은 알리시아 공주가 그걸 면전에 두고 거절한
셈이지만 말이다.

그런데 이야기를 듣던 캐롤라인은 뭔가 빠진 듯한 느낌
이 들었다.

"두바이 왕가에서 그냥 순순히 약혼 파기를 받아들였
어?"

왕가를 모욕했느니, 두바이 왕가를 얼마나 우습게 알았
으면 자기들이 약혼을 하자고 하고서는 맘대로 없었던 일
로 하느니 운운하며 난리를 쳐도 이상하지 않은 상황이다.

그런데 천서영의 말을 들어보면 두바이 왕가의 이야기는
빠져 있다.

"그게 참… 그냥 받아들였어."

"잉? 두바이 왕가가 역사가 짧긴 하지만 순순히 그걸 받
아들였다고?"

"응."

"헐! 대박~"

한국에서 오래 살다 보니 캐롤라인은 자신도 모르게 대
박이라는 말이 튀어나왔다.

어색하기는커녕 너무나 자연스러웠다.

"다만……."

"응?"

"대신… 두바이왕가에서 연아 언니와 두바이 왕가의 둘
째 왕자인 네이크 하단 무하메드 알 압둘을 결혼시키고 싶
다고 했거든."

"……?"

순간 캐롤라인은 갑자기 거기서 왜 연아가 튀어나오는
건지 이해가 가지 않았다.

캐롤라인이 연아를 의문을 담아 쳐다보았지만,

"뭐, 그렇게 됐어."

연아는 어색하게 웃으면서 간단하게 대답할 뿐이다.

사실 일반적인 여자의 입장에서 보면 두바이 왕가에 시
집가는 것만 한 인생역전이 또 있을까?

아니, 없을 것이다.

길을 가다 누구를 붙잡고 물어봐도 아마 백이면 백 모두
신데렐라라고 연아를 부러워할 테니 말이다.

사실 두바이 왕가라면 캐롤라인과 같은 입장의 여자여도
적잖이 부담되는 자리다.

그런데 그런 이야기가 오간 것치고는 캐롤라인의 눈에
보이는 지금 이곳의 상황은 평온하기 그지없다.

즉 두바이 왕가에서 말한 연아와 둘째 왕자의 결혼이 성

사되지 않았다는 것을 뜻하고 있다.

"거절했구나?"

캐롤라인이 분위기를 읽고서 물어보자,

"응."

"당연하지."

오히려 거절하는 것이 당연하다는 듯 말하는 연아와 어색하게 웃으면서 대답하는 천서영이다.

"후후훗, 역시 두바이 왕가답다고나 할까?"

그런데 두 사람의 대답을 들은 캐롤라인이 오히려 의미심장하게 웃으면서 잠시 입을 다물었다.

마치 두바이 왕가에서 연아를 원한 이유를 잘 알고 있는 듯한 태도로 말이다.

"뭔가 알고 있어?"

천서영도 재중 때문이라는 것은 짐작하고 있지만 딱 그 정도였다.

캐롤라인과 달리 한국에 묶여 있는 상황 때문에 돌아가는 상황을 자세하게 알지는 못하는 천서영이다.

천서영의 질문에 캐롤라인이 고개를 끄덕이며 말을 이었다.

"당연한 거야. 두바이유가 이제 보유량이 얼마 남지 않은 상황이거든. 그 말은 어쩌면 다음 대 국왕의 시기에 두바이를 유지하는 기본인 석유가 바닥날 수도 있다는 말이지."

캐롤라인의 말을 들은 천서영이 천천히 고개를 끄덕였다.

두바이의 상황은 이미 그녀도 알고 있으니 그 정도는 이해할 수 있었다.

두바이의 얼마 남지 않은 석유 매장량은 알 만한 사람은 이미 다 알고 있는 사항이었다.

지금은 아니지만 빠르면 다음 대에 두바이는 폭삭 주저앉을 수도 있는 상황이다.

그것을 알고 있기에 두바이는 중동의 뉴욕이라는 별명이 생길 만큼 관광에 투자하고 있는 것이다.

하지만 임시방편일 뿐이다.

사막 위에 만들어진 도시라는 것이 사람들의 이목을 끌긴 했다.

하지만 그 관심이 영원하다고는 장담할 수 없으니 말이다.

두바이 왕가에서 연아를 원하는 것은 당연히 재중 때문일 것이다.

다만 궁금한 건 도대체 재중의 재산이 얼마나 되느냐는 거였다.

대체 어느 정도여야 두바이 왕가에서 스페인 왕가와의

약혼이 깨져도 미련 없이 연아에게 손을 내밀까 하는 의문
이 새삼 들었다.

"후후훗, 내가 지금 서영이 무슨 생각 하는지 알아맞혀
볼까?"

"응?"

순간 천서영은 자신의 생각을 알아맞혀 보겠다는 캐롤라
인의 말에 멈칫했다.

하지만 당황하진 않고 얼굴빛을 유지하는데 캐롤라인의
말이 이어졌다.

"왜 두바이 왕가에서 스페인 왕가로부터 모욕적인 약혼
파기당하는 걸 감수하면서까지 재중을 노리고 있는지 그게
궁금하지?"

뜨끔.

캐롤라인이 정확하게 자신의 생각을 말하자 이번만큼은
천서영도 살짝 당황한 표정을 숨길 수가 없었다.

물론 금방 표정을 지우긴 했지만 어색한 표정이 아직 남
아 있다.

"후후훗, 뭐 서영은 잘 모를 수도 있겠지. 재중 씨, 아니,
빅 핸드가 활동하는 무대는 북미를 중심으로 세계로 뻗어
있으니까 말이야."

"그야 그런데……."

천서영은 오직 재중의 마음을 얻고 싶은 생각 하나만으로 재중의 곁에 머물렀을 뿐이다.

여자가 사랑에 빠지면 바보가 된다는 말이 어떤 건지 몸소 보여준 사람이 바로 천서영이다.

이미 S대에서도 천서영을 보고 열녀, 또는 순정녀라는 별명으로 부르고 있으니 굳이 설명할 필요가 없었다.

그것만 봐도 확실히 요즘 젊은 여자들과는 많이 다른 모습이긴 했다.

물론 그들은 재중이 극적인 순간에 천서영의 목숨을 구해주었다는 것도, 천서영은 그 누구도 믿지 못할 기적을 만들어내는 재중의 마력에 빠져 버릴 수밖에 없었다는 것도 모른다.

그래서 그런 말을 하는 것이다.

다만 상황적으로 재중에 집중하다 보니 천서영으로서는 지금처럼 캐롤라인이 말하는 재중의 숨겨진 이름인 빅 핸드에 대해서는 그다지 아는 것이 적을 수밖에 없었다.

이건 천서영이 머리가 나쁘거나 게을러서가 아니다.

그저 다른 조건 따위는 신경 쓰지 않고 오직 재중 하나만 바라보며 곁에 머물렀기 때문이다.

"한국은 참 신기하단 말이야. 빅 핸드가 한국 사람인 재중 씨라는 것은 오히려 묻혀 버리고 축구로 세계적인 천재라는 것만 떠들고 있으니."

"……?"

아직 빅 핸드라는 이름이 가지는 돈의 위력을 모르기에 천서영은 고개를 갸웃거렸다.

"후후훗, 최소 100억 달러."

"100억 달러?"

뜬금없는 100억 달러라는 말에 천서영이 살짝 머릿속으로 계산해 보니 한화로 11조 원 정도 되는 돈이다.

너무나 엄청난 돈이기에 오히려 천서영은 무덤덤한 표정으로 캐롤라인을 쳐다보았다.

"재중 씨가 개인적으로 마음만 먹는다면 움직일 수 있는 최소 단위의 액수가 100억 달러라면 어떨까?"

"……!"

천서영은 잠시 캐롤라인의 말을 생각하다가 뒤늦게 놀란 표정이 되었다.

"역시 놀라는구나. 하지만 이건 뭐 그냥 그렇구나 할 수 있는 액수니까 상관없을지도 몰라. 하지만 과연 이 100억 달러의 돈을 만드는 데 불과 1년의 시간밖에 걸리지 않았다면 어때? 두바이 왕가에서 욕심내는 것이 어쩌면 당연하지 않아?"

"헉! 진짜? 오빠가 그 정도로 돈이 많아?"

오히려 천서영보다 연아가 캐롤라인의 말에 놀라 황급히 다가왔다.

"네. 이건 이번에 브라질에 갔을 때 할아버지께 직접 들은 말이니까 확실해요. 다만 최소가 100억 달러라는 것이에요. 확실하게 재중 씨의 재산이 얼만지는 아마 재중 씨 본인만 알고 있을걸요."

"……."

연아는 재중이 보여준 통장을 확인한 적이 있다.

확실히 엄청난 돈이긴 했다.

하지만 지금 캐롤라인이 말한 액수는 그때 연아가 본 것보다 훨씬 늘어났기에 되기에 놀란 것이다.

"저번에 통장 봤을 때 40억 달러 정도였는데?"

연아가 중얼거리듯 말하자 캐롤라인이 웃으며 대답하듯 말해주었다.

"그건 당장 뺄 수 있는 현금일 거예요. 월가에서 괴물이라고 불리고 있는 빅 핸드가 40억 달러만 가지고 있다는 것은 말도 안 돼요. 증거로 통장은 현금만 기록하잖아요. 하지만 주식은 얼마나 더 있을지 본인 외에는 거의 대부분 잘 모르는 게 현실이니까요."

"그런… 거야?"

주식에 대해서는 그다지 지식이 별로 없는 연아였기에

캐롤라인의 말을 듣고 어색하게 고개를 끄덕였다.

하지만 여전히 재중의 숨겨진 모습에는 고개를 흔들 수밖에 없었다.

그리고 그제야 왜 재중이 그동안 그토록 여유로웠는지 이해가 되는 연아였다.

취업? 이미 SY미디어 대표였다.

물론 적자만 기록하는 기획사이긴 하다.

그러나 감투만 보자면 어디 가서 쉽게 기죽을 정도는 아니었다.

연아도 여태까지 나름대로 재중을 인정하고 있었다고 생각했지만, 그건 연아만의 착각이었다.

SY미디어는 재중이 그냥 취미 삼아 운영한다고 해도 자연스럽게 고개를 끄덕일 수 있을 정도였다.

그만큼 재중의 다른 이름 빅 핸드의 무게는 엄청났다.

'쩝, 살짝 서운하긴 한데…….'

가족이라고는 연아와 재중 단둘뿐인데 자신에게 아무것도 말해주지 않았다는 것에 살짝 서운한 마음이 든 연아였다.

그러나 연아는 곧 피식 웃어버렸다.

'내가 물어봤다면 대답해 줬을까?'

재중의 성격상 묻지 않는 것은 말해주지 않는다는 것을

떠올린 연아는 또한 그와 동시에 자신이 그동안 재중에게 딱히 무언가 물어본 적이 거의 없다는 것을 깨달은 것이다.

나름 노력한다고 했지만 아직 어색함이 남아 있는 남매였다.

"날고 긴다고 하는 월가의 천재들도 재중 씨에게는 한 수 접어주는 것만 봐도 알 만하잖아. 거기다 아직 재중 씨는 이제 첫발을 내디딘 상태라는 것을 생각해 봐. 앞으로 길게 볼 것도 없이 10년 뒤라면 어떻게 변할 것 같아?"

"10년 뒤?"

천서영은 캐롤라인의 말을 듣고 단순하게 생각해 봤다.

1년 만에 100억 달러이다.

그럼 그냥 단순하게 이대로 계속 돈을 번다면 1,000억 달러도 가능하다는 말이 된다.

물론 월가에서는 하루 만에 폭삭 망하는 경우도 흔한 일이다.

그러니 이건 다른 변수에 대한 고려 없이 순전히 단순하게 더하기만 했을 경우이다.

하지만 캐롤라인의 표정과 말을 들어보면 이미 월가에서 재중의 능력에 한 수 접어주고 있다는 걸 대강이나마 짐작할 수 있었다.

실패를 모르는 괴물, 투자의 괴물이라는 별명이 그냥 생긴 건 아닐 테니 말이다.

10년 뒤 재중이 단순하게 1,000억 달러를 벌었다고 가정하면 무려 110조 원 정도 되는 돈을 움직일 수 있다는 것이다.

그것도 최소로 말이다.

현재 재중은 그저 돈 많은 젊은 월가의 괴물이다.

하지만 10년 후에는 재중이 어떻게 돈을 움직이느냐에 따라서 엄청난 파급 효과가 생길 수도 있는 존재가 된다는 뜻과도 같았다.

간단한 예로 한국이 IMF 때 외환 보유고가 부족해서 빌린 돈이 530억 달러 정도였다.

즉 10년 뒤 재중은 상황과 환경에 따라 다르겠지만 조건만 맞는다면 한국과 같은 국가 하나를 흔드는 것도 가능하다는 뜻이다.

지금의 지구는 돈이 바탕이 되는 사회, 즉 경제가 모든 것을 지배하는 곳이다.

아직까지는 천서영이나 천 회장이 재중을 편하게 대하고 있었다.

그러나 재중이 이대로 승승장구한다면 과연 10년 뒤에도 지금처럼 편하게 대할 수 있을까?

아마 힘들 것이다.

기업가인 이상 돈에 흔들리는 것은 당연한 일이다.

"후후훗, 이제 이해가 돼? 거기다 재중 씨는 남자로서도 확실히 매력적이니 내가 반할 수밖에. 더구나 이번에 알게 된 정보를 고려하면 오히려 난 재중 씨에게 여자가 우리 둘밖에 없다는 게 이상하다고 생각하는데, 어때? 이래도 재중 씨 곁을 지킬 자신이 있어?"

캐롤라인은 마치 도발하듯 말했다.

재중의 곁에서 버텨낼 자신이 있느냐고 묻는 캐롤라인의 모습에 천서영은 순간 욱했다.

하나 지금 화내는 것은 오히려 도발하는 캐롤라인에게 자신 없다고 표현이 것과도 같다.

천서영은 그것을 본능적으로 느끼고 치밀었던 화를 삼켜 버렸다.

하지만 캐롤라인의 말을 마냥 무시할 수 없는 것도 사실이었다.

확실히 말을 듣고 나서 천서영은 재중에 대해 지금까지와는 다른 압박감을 적지 않게 느끼고 있으니 말이다.

그녀는 기업가 집안에서 태어나 돈의 위력을 누구보다 잘 알고 있었다.

"한국이라는 나라는 참 재미있단 말이야."

"……?"

캐롤라인이 입가에 미소를 지으면서 중얼거리듯 말했다.

"재중 씨의 지금 능력을 기업가라면 다들 어느 정도는 알고 있을 텐데 왜 가만히 두고 있는 걸까? 이상하지 않아?"

캐롤라인은 이미 브라질에서 재중에 대한 정보가 공공연한 비밀처럼 퍼져 있다는 것을 알았다.

그뿐인가?

북미와 유럽, 그리고 남미 쪽의 웬만한 기업가들은 재중과 어떻게든 접촉하기 위해서 수단과 방법을 가리지 않고 찾고 있는 중이다.

다만 시우바 회장이 미리 발 빠르게 재중에 대한 핵심 정보를 모두 차단했기에 재중이 한국 사람이라는 것 외에는 아직 알려진 것이 거의 없다.

물론 지금까지는 말이다.

하지만 재중이 스스로 천산FC와 레알 마드리드의 친선 축구시합에 모습을 드러냈다.

이제 재중에 대한 정보가 퍼지는 것이 지금까지와는 달리 시간문제가 되어버렸다.

즉 시우바 그룹에서 최대한 막고 있던 정보가 엉뚱한 곳에서 터져 버린 것이다.

물론 당장 내일부터 재중을 찾아 움직이지는 못할 것이다.

그러나 재중을 찾는 것이, 앞으로 그리 긴 시간이 걸리지 않는다는 것은 거의 확실했다.

그런데 이미 세계적으로 유명한 기업들뿐만 아니라 어떤 곳은 국가가 나서서 재중을 찾으려고 하는 마당에 정작 한국은 재중이 빅 핸드라는 것에는 오히려 관심이 없는 모습이다.

오히려 재중이 축구선수로서 뛰지 않는다는 이유 하나만으로 거의 마녀사냥당하는 것처럼 비난을 받고 있는 상황이 아닌가?

그 소식을 들은 캐롤라인은 기가 막히고 황당해서 잠시 할 말을 잃어버릴 수밖에 없었다.

당장 마음만 먹으면 40억 달러를 현금으로 움직일 수 있는 재중이 뭐가 아쉬워서 축구선수를 한단 말인가?

말이 40억 달러이지 한화로 바꾸면 무려 4조 원이다.

일반적으로 10억 모으기가 평생의 목표인 보통 사람이 많다.

그들의 삶을 생각해 보면 이미 이룰 만큼 이룬 재중이 축구를 할 이유가 전혀 없다.

그것은 이미 외국에서 먼저 인정하고 있었다.

아니, 오히려 외국에서는 재중이 친선축구에 자신을 드러낸 것을 오히려 감사하고 있었다.

그동안 꽁꽁 숨어 있던 재중이 스스로 모습을 드러냈으니 어찌 그렇지 않겠는가.

하지만 어찌 된 영문인지 해외 반응과 달리 고국인 한국에서는 축구선수로 뛰지 않는다는 이유 하나만으로 매국노 수준으로 인터넷에서 매도당하고 있었다.

사실 막말로 다 돈 벌어 먹고살자고 하는 게 운동선수 아닌가?

평생 해온 것이 운동이니 그것으로 많은 돈을 벌기 위해 프로선수 생활을 하는 것이다.

그중에서 축구는 월드컵과 함께 유럽에서는 최고의 인기 종목이니 당연히 돈이 되는 운동이다.

하지만 그것도 일반적으로 운동이 평생의 목적인 사람에게나 통용되는 말이다.

재중은 애초에 운동엔 관심도 없고, 더욱이 운동으로 돈을 벌어야 할 만큼 돈이 없지도 않았다.

아니, 오히려 레오나르도 실바가 재중의 통장을 보고 깨끗하게 포기할 만큼 많은 돈을 가지고 있는 재중이다.

무엇보다 재중이 지금 하는 모든 일에서 손을 떼고 축구를 한다고 하면 시우바 그룹에 얌전히 앉아 있는 시우바 회장이 당장 날아올 것이다.

그만큼 재중의 능력은(테라의 능력이긴 하지만) 세계적인 기업가는 물론 권력가들까지 주목하고 있다.

그런데 한국만 유독 축구에 미친 듯 재중을 평가하는 것
이다.

캐롤라인이 보기에는 도무지 이해가 가지 않는 상황이었
다.

Chapter 03
선우재중의 가치

재중귀환록

"최고의 신랑감인 재중 씨가 만약 이민을 간다고 한다면 마중 나올 국가가 얼마나 될 것 같아?"

캐롤라인은 혹시나 재중이 지금의 한국 모습에 실망해서 떠날 것을 상상해 보고 알아본 정보가 있었다.

그래서 캐롤라인이 그와 관련해 슬쩍 천서영에게 물었다.

"꽤 많겠죠?"

재중이 당장 한국을 떠난다고 말하는 순간 적지 않은 나라에서 러브콜을 보낼 것이 뻔하다는 것은 천서영도 이해했다.

하지만 캐롤라인이 알고 있는 정보는 그런 천서영의 예상을 훨씬 벗어나 있었다.

"북미와 남미, 그리고 유럽연합의 모든 국가에선 이미 재중 씨를 받아들일 준비가 되어 있어. 러시아만 시간을 끌고 있지만 아마 자존심 때문에 그렇지 다른 곳과 다르진 않을 걸."

"……."

천서영은 순간 할 말을 잃어버렸다.

설마 그 정도일 줄은 몰랐다.

말 그대로 세계를 움직이는 중심에 있는 사람들이 모두 재중을 알고 있다는 말이나 다름없지 않은가.

당연히 옆에 있던 연아도 놀란 것은 마찬가지였다.

"캘리, 설마 오빠가 그 정도였어?"

연아의 질문에 캐롤라인은 힘차게 고개를 끄덕였다.

이미 시우바 그룹에 있는 정보팀에서 알아온 정보이니 거의 99% 정확했다.

천산그룹?

까짓것, 재중이 생각만 고쳐먹으면 당장 시우바 그룹에서 전폭적으로 지지할 준비가 되어 있는 상황이다.

즉 재중은 한국 땅에는 아쉬울 게 그 무엇도 없다는 뜻이다.

사실 캐롤라인도 재중이 왜 굳이 한국에서 움직이지 않는지 그게 궁금하긴 했었다.

하지만 그걸 물어볼 만큼 친밀하지 않다는 것이 커다란 벽이 되어 있어 아직 물어보지 못했다.

물론 이제는 달라졌지만 말이다.

"그래서 서영이 좀 알아봐 줬으면 하는 게 있어."

"……?"

뜬금없이 무언가 알아봐 달라는 캐롤라인의 말에 천서영이 고개를 갸웃거렸다.

"왜 재중 씨가 한국 땅을 고집하는지 이유가 궁금해. 예전에 빈손일 때는 모르지만 지금의 재중 씨는 생각만 살짝 돌리면 세계를 무대로 삼을 자격을 가지고 있는 남자야. 그런데 어째서 그저 한국 땅에 머물면서 웅크리고 있는지 궁금해서 말이야."

캐롤라인의 질문에 천서영도 지금 와서 생각해 보니 확실히 그녀의 말이 맞았다.

지금까지 재중이 나서서 무언가 한 적이 없다.

어쩔 수 없이 떠밀려서 했거나, 아니면 그때그때의 상황에 따른 변덕으로 움직였을 뿐이다.

"서영도 궁금하지?"

"……."

캐롤라인은 자신의 말에 천서영이 거의 넘어왔다는 것을 눈치채고 슬쩍 물었다.

역시나 대답은 하지 않지만 표정을 보니 캐롤라인의 부추김에 완전히 넘어가긴 했다.

그런데 그때 연아가 벌떡 일어섰다.

"……?"

"……?"

"내가 물어봐도 되지?"

뜬금없이 천서영이 아니라 연아가 일어서서 재중에게 물어보겠다고 나선 것이다.

캐롤라인은 예상치 못한 일에 살짝 당황했지만 곧 입가에 미소를 지었다.

오히려 천서영보다 연아가 적격의 인물이다.

그런데 때마침 재중이 모습을 드러내면서 연아가 굳이 찾아갈 필요도 없어졌다.

"어라? 오빠, 웬 짐이야?"

그런데 모습을 드러낸 재중은 빈손이 아니었다.

마치 어딘가로 떠날 것처럼 작지만 여행용 캐리어를 들고 있다.

"이제 스페인으로 떠나야 하니까."

"스페인?"

연아는 재중의 말에 당연히 고개를 갸웃거렸다.

아니, 연아뿐만이 아니라 이곳에 있는 천서영과 캐롤라인도 재중의 입에서 스페인이라는 말이 나오자 어리둥절해했다.

"스페인이요?"

"갑자기 웬 스페인?"

특히나 지금 막 방금 두바이로 날아온 캐롤라인은 뜬금없이 재중에게서 스페인으로 간다는 말이 튀어나오자 의문을 담아 연아와 천서영을 쳐다보았다.

하지만 황당하기는 그녀들도 마찬가지였으니 영문을 모르겠다는 눈빛이다.

"나 방금 두바이에 도착했는데, 다들 어디 가기로 했어?"

연아와 천서영이 동시에 고개를 젓는다.

당연했다.

처음부터 휴가 계획 전부를 모두 재중 혼자 세웠으니 말이다.

어쩌다 일행이 늘어났으나 처음에는 남매간의 오붓한 여행을 생각했었던 일이다

재중이 지금까지 아무런 말도 한 적이 없기에 재중의 입에서 스페인이라는 말이 나오기 전까지 아무도 모르고 있

었던 것이다.

"알리시아 공주와 함께 스페인으로 움직일 거야."

"……"

천서영은 오늘 재중과 같이 있었기에 아까 알리시아 공주와 만났을 당시 뭔가 급한 듯한 느낌을 받았던 것을 떠올릴 수 있었다.

그래서인지 천서영은 바로 입을 다물고 수긍하는 표정을 지었다.

뭐 그때 연아도 같이 있긴 했지만 연아는 재중이 싸우는 장면과 진정한 재중이 가진 능력의 이면을 본 적이 없었다.

그러다 보니 연아의 얼굴에 떠오른 황당하다는 표정은 여전했다.

"헐!"

그런데 갑자기 캐롤라인이 벌떡 일어서더니,

"나도 갈래!"

재중을 향해 손을 뻗으면서 같이 가겠다고 큰 소리로 외쳤다.

"어차피 방금 날아와서 캐리어도 그대로 들고 가면 되고, 난 준비가 끝났어요."

절묘하게도 캐롤라인은 문 옆에 있는 자신의 캐리어를 들고 그대로 움직이면 되었다.

어차피 두바이도 재중이 있기에 왔을 뿐이다.

그런 재중이 지금 스페인으로 간다는데 여기에 있을 필요가 없었다.

그뿐만이 아니다.

천서영이 재중의 옆자리를 차지한 이상 재중의 곁을 맴돌면서 밀고 당기기를 한다는 생각은 이미 버렸다.

무조건 재중의 옆에 붙어 있기로 한 것이다.

천서영이 그렇게 해서 재중의 곁을 허락받았으니 자신도 그렇게 하겠다는 것이다.

만약 캐롤라인을 잘 알고 있는 사람 중 누군가가 봤다면 기절할 일이다.

굳이 멀리서 찾지 않더라도 레오나르도 실바만 해도 그렇다.

그는 어릴 때부터 캐롤라인을 보며 자랐으니 지금 그녀의 이런 모습을 봤다면 기절하고도 남을 일이다.

물론 캐롤라인이 항상 적극적이긴 했다.

하지만 그건 그녀의 성격상 거침없고 솔직했기에 그런 것이다.

지금 재중을 무조건 따라가겠다고 나서는 것은 누가 봐도 재중에게 매달리는 모습이다.

남의 눈 따위는 애초에 신경 쓰지 않겠다는 것이다.

특히나 천서영이 있는데도 거침없이 재중을 따라가겠다는 것은 확실히 지금까지 재중과의 거리를 재면서 머리를 쓰던 그녀의 모습과는 완전히 달랐다.

스윽~

그런데 재중이 캐롤라인의 말에 고개를 돌려 천서영을 쳐다보는 것이 아닌가?

"……?"

당사자인 천서영도 갑자기 재중이 자신을 보자 당황해서 손가락으로 자신을 가리키면서 물었다.

"왜 저를 보는 거예요?"

그냥 쳐다보는 것 같지는 않고 무언가 의미가 담겨 있는 듯한 재중의 눈빛을 느낀 천서영이 물었다.

"당연히 연인에게 허락을 구해야 하는 일 아닌가? 특히나 다른 여자를 데려가야 할 경우에는. 아닌가?"

재중도 사실 연애 경험이 전무하다 보니 그저 그동안 보고 들은 것을 기준으로 판단한 것이다.

연인으로 받아들이고도 다른 여자와 관계된 일을 함부로 결정하는 것은 남자로서 할 짓이 아니라는 것 정도는 알고 있었다.

"그야 그런데. 헤헤헤."

재중의 입에서 연인이라는 말이 나오자 그것만으로도 좋

은지 얼굴이 붉어지면서 귀까지 빨개진 천서영이다.

천서영이 입가에 가득 미소를 머금었다.

"앞날이 훤히 보이네, 보여."

연아가 그 모습에 장난스럽게 한마디 하자,

"헙!"

천서영은 그제야 자신이 너무 좋아했다는 것을 느꼈는지 황급히 표정을 숨기려고 했다.

하지만 이미 귀까지 붉어진 얼굴이 쉽게 진정될 리 없었다.

"벌써부터 이렇게 좋아하면 나중에 어쩌려고 그래? 에고, 벌써부터 고생문이 훤히 보이네, 보여."

연아는 노골적으로 좋아하는 천서영의 모습에 같은 여자로서 한마디 하지 않을 수가 없었다.

아무리 오빠지만 천서영의 모습을 보고 있으면 너무도 좋아하는 게 한눈에 눈에 보였으니 말이다.

목석같은 재중의 마음을 연 것은 대단했다.

하지만 역시나 한쪽이 너무 좋아하는 것은 그다지 좋은 연애라고 볼 수 없었다.

그래서 연아는 재중을 살짝 째려봤다.

"오빠, 적당히 보듬어줄 줄도 알아야 하는 거야, 여자는. 알았지?"

뭔가 의미가 있는 말에 재중은 그냥 고개만 끄덕였다.

물론 평소의 표정 그대로이다.

'쩝, 그렇게 여자를 사귀길 바라긴 했지만 어째 이건 내 생각과 좀 다른데?'

연아는 재중도 다른 연인들처럼 어느 정도 애정 표현도 하면서 조금은 알콩달콩한 모습을 기대했다.

아무리 무뚝뚝한 재중이라도 사랑하는 여자가 생기면 변할지도 모른다는 기대를 가지고 있었던 것이다.

하지만 역시나 재중은 재중이었다.

재중이 연인으로 인정해 줬다는 것 하나만으로도 천서영은 저렇게 좋아 죽겠다는 표정이었다.

반면에 재중은 평소와 전혀 변함이 없으니 말이다.

'한쪽이 너무 좋아하면 빨리 지칠 텐데…….'

알래스카에서 자라온 연아는 아무래도 개방된 나라에서 수많은 연인을 보고 들은 경험이 있었다.

학교 친구들만 해도 각각 자신들만의 사랑으로 연애를 하는 모습을 보았다.

하지만 공통적으로 몇 가지 유형이 있었다.

특히나 지금처럼 한쪽이 너무 좋아하면 의외로 쉽게 헤어지는 경우가 많았다.

사람인 이상 지치는 것은 당연했다.

운동이든 일이든 공부든 말이다.

그건 사랑도 마찬가지였다.

사랑은 강렬하게 불타오르는 만큼 빨리 지치는 경우가 많았다.

마치 100미터 달리기를 죽을 만큼 뛴 다음 지쳐서 쓰러져 버리는 것처럼 말이다.

연아는 천서영도 혹시나 지금 불타오르는 재중에 대한 사랑이 너무 강해서 스스로가 견디지 못하고 지쳐 버릴까 봐 걱정되는 마음에 뼈가 있는 한마디를 한 것이다.

씨익~

그런데 그런 연아의 마음을 아는지 모르는지 재중은 그저 웃을 뿐이다.

마치 다 알고 있다는 듯한 표정이다.

"알아서 하겠지."

아무래도 외국에서 자란 연아는 여기까지가 한계였다.

아무리 남매라도 재중에 대해서 이러쿵저러쿵 간섭하는 것에는 커트라인이 있는 것이다.

재중의 성격상 가족이라도 크게 간섭하거나 참견하지 않는 것도 있지만 그건 연아도 마찬가지였다.

원래 그런 성격을 물려받은 데다 외국 생활을 하면서 개인의 사생활이 얼마나 중요한지 배우면서 자라온 연아다.

남매지만 아직은 많이 어색한 사이, 이것이 딱 연아와 재중의 사이였다.

　"그런데 대답 안 해줄 거야?"

　재중이 재촉하듯 천서영에게 다시 물어보자,

　"아, 괜찮아요. 사업 파트너이기도 하니까요."

　물론 연적이라는 말은 속으로 삼켰지만, 이곳에 있는 그 누구도 캐롤라인이 왜 따라가려고 하는지 모르는 사람은 없었다.

　연적이지만 거부할 수 없는 캐롤라인. 이런 관계를 보면 참으로 묘한 관계가 만들어지긴 했다.

　천서영은 알면서도 캐롤라인을 거부할 수 없고 캐롤라인은 대놓고 재중에게 대시하는 이상한 관계 말이다.

　"아, 그런데 우리만 가는 거야?"

　연아는 직원들이 있을 때는 말하지 않다가 이제야 말하는 것이 이상해서 물었다.

　"응, 스페인은 내 개인적인 일 때문에 가는 거야."

　"개인적인 일?"

　아무런 설명도 들은 것이 없는 연아가 되물어보자,

　"그런 게 있다. 알리시아 공주와 한 약속이니까."

　"……."

　왕가의 공주와 한 약속이라는 말에 연아도 더 이상은 캐물을 수가 없었다.

아무래도 현실적으로 공주가 주는 압박감은 무시할 수 없으니 말이다.

그나마 자신들과 같이 간다고 하는 것만으로도 다행이었다.

"그런데 우리가 따라가도 돼?"

직원들은 두고 자신들만 데리고 가려는 재중의 모습에 연아가 물어보았다.

"싫으면 여기 있을래?"

재중이 나직이 한마디 하자,

"쳇, 아무튼 오빠는 재미가 없다니까. 갈 거야. 준비하고 올게."

연아는 농담이 통하지 않는 재중의 모습에 툴툴거리면서도 바로 올라가 짐을 챙기기 시작했다.

"저도 금방 올게요."

천서영도 연아를 따라 같이 빠르게 올라가 버렸다.

Chapter 04
저도 받고 싶어요

"묻고 싶은 게 뭐지?"

재중은 소파에 앉아 있는 자신을 뚫어지게 쳐다보는 캐롤라인의 모습에 슬며시 물었다.

"재중 씨는 어떤 사람이에요?"

"나?"

뜬금없는 질문이다.

하지만 재중은 피식 웃으면서,

"어떤 이름의 날 말하는 거지?"

이미 초인적인 능력으로 위에서 캐롤라인이 하는 말을

다 들은 재중이 물어보았다.

"둘 다라고 해야 할까요? 특히나 할아버지에게 준 그 그림자를 보면 정말 재중 씨는 어떤 사람인지 궁금하지 않을 수가 없어요."

재중은 캐롤라인이 말하는 그림자가 무엇을 뜻하는지 알고 있기에 피식 웃었다.

딱히 비밀로 하진 않았지만 의외로 캐롤라인이 알아차리는 것이 빠르긴 했다.

시우바 회장의 마지막 카드였기에 가족이라도 어쩌면 평생 모르고 지낼 수도 있는 일이다.

반면 재중의 생각과 달리 캐롤라인이 쉐도우의 존재를 알게 된 것은 정말 우연이었다.

연아가 시작하는 카페 프랜차이즈 사업 때문에 시우바 회장과 커피 문제로 농장을 찾았다가 습격을 받았고, 그 와중에 시우바 회장의 그림자에 숨어 있던 쉐도우가 모습을 드러낸 것이다.

물론 덕분에 두 사람 모두 무사할 수 있었지만 캐롤라인은 상당히 충격이 컸다.

그림자가 총알을 막는 모습도 놀라웠지만 시우바 회장이 이미 익숙한 듯 총알을 쏟아내는 적을 향해 거침없이 앞으로 걸어가는 모습에 캐롤라인은 더욱 놀랐다.

사람이 절대적인 안전장치가 있다는 것만으로 얼마나 대담하고 과감해질 수 있는지 직접 눈으로 확인할 수 있는 소중한 경험이기도 했으니 말이다.

다른 사람도 아니고 이제는 시우바 그룹의 유일한 후계자 자격을 가지고 있는 캐롤라인이었다.

또 그녀가 재중의 곁에 머물러 있기에 시우바 회장은 쉐도우에 대해 모두 이야기해 주었다.

재중에게 선물로 받았다고 말이다.

물론 그 대가로 재중이 빅 핸드라는 이름을 가질 수 있도록 초기에 돈을 빌려주긴 했다.

하지만 바로 돌려받았으니 시우바 회장 입장에선 공짜로 받은 것이나 다름없었다.

"후후훗, 갖고 싶어 하는 눈빛이네."

재중이 캐롤라인의 눈동자 안에 꿈틀거리는 욕심을 들여다본 듯 한마디 하자,

"뭐 몰랐다면 모를까, 알아버린 이상 욕심이 안 난다면 비정상이죠. 안 그래요?"

속마음을 숨기는 다른 사람들과 달리 캐롤라인은 당당하게 속마음을 솔직히 말했다.

어차피 재중에게는 어설프게 숨기는 것만큼 최악의 선택이 없다는 것을 알고 있는 그녀였다.

캐롤라인은 그러면서 슬쩍 한마디 던지는 것을 잊지 않았다.

"저도 하나 줄 수 있어요?"

마치 가볍게 사탕 하나 달라는 듯한 말투였다.

재중은 그런 캐롤라인의 모습에 입가에 미소를 지었다.

"싫어."

그러고는 단칼에 거절해 버렸고 말이다.

캐롤라인은 재중의 거절을 당연하게 받아들이는 눈치였다.

"쳇."

물론 실망하긴 했지만 말이다.

"그럼 이건 알려줄 수 있죠?"

"뭘?"

"어떻게 하면 저도 총알 막는 그림자를 받을 수 있어요?"

노골적이다.

마치 어린애가 너무나 마음에 드는 장난감을 발견했는데 쉽게 가질 수 없자 어떻게든 노력하는 듯 말이다.

그런데 그런 캐롤라인의 모습에 재중은 피식 웃으면서 간단하게 대답했다.

"내 가족이 된다면."

"후후후훗, 어떻게든 결혼해야겠네요. 재중 씨와."

누가 보면 돈 때문에 결혼하려고 하는 여자라고 생각할 만큼 캐롤라인의 눈동자에는 욕망이 번뜩이고 있었다.

하지만 재중은 그런 캐롤라인의 모습에도 씽긋 웃을 뿐이다.

원래 이런 성격인 것을 재중도 알고 있기에 새삼스러울 것이 없었다.

캐롤라인은 세계적인 모델로서도 유명하지만 그전에 시우바 그룹의 직계 손녀이다.

그런 배경을 보면 지나치게 솔직한 게 약간 신경 쓰이는 부분이긴 하지만 그것만 빼면 캐롤라인은 흠잡을 것이 없는 여자였다.

그리고 재중은 캐롤라인이 말하는 것처럼 정말 진지하게 쉐도우를 원하는 건 아니라는 걸 이미 알고 있었다.

그녀의 쉐도우에 대한 욕심은 그저 어린아이가 장난감을 가지고 싶어 하는 욕심 정도라는 것을 알기에 재중은 그냥 그러려니 들어 넘겼다.

장난감과 사랑은 전혀 다른 것이니 말이다.

어차피 캐롤라인이 떠난다 해도 재중은 그러려니 할 것이 뻔했다.

그런데 재중을 보면서 도전적인 미소를 보이던 캐롤라인이 순간 무언가 떠오른 듯 눈동자가 멈칫하더니 물었다.

"…혹시 연아 언니는 가지고 있는 거예요?"

분명 가족이 된다면 쉐도우를 준다고 했다.

그에 순간적으로 재중의 유일한 가족인 연아가 떠오른 것이다.

캐롤라인이 물어보자 재중이 바로 대답했다.

"당연히."

"헐! 응? 그런데 그 사고는 왜 난 거예요?"

총알을 막는 그림자이다.

재중이 시우바 회장에게 쉐도우를 준 것이 이미 한참 전이다.

그러니 당연히 가족인 연아에게도 예전에 줬다는 뜻이다.

그런데 최근에 연아가 죽을 뻔한 교통사고를 당했기에 이상하게 여겨서 물은 것이다.

"본인이 모르고 있으니까."

딱히 자세한 설명을 할 필요성을 느끼지 못해 재중은 그렇게 말했다.

하지만 그 말만으로도 캐롤라인은 사정을 다 이해한 듯한 표정이다.

"헐! 설마 그렇게 판타스틱하고 대단한 것을 몰라요?"

캐롤라인은 연아의 그림자 속에 세상의 그 어떤 위험에

도 안전할 수 있는 쉐도우가 있다는 것을 연아 본인에게 알리지 않았다는 것에 황당해했다.

"굳이 알아야 하나?"

"뭐… 그야 알면 좋지 않아요?"

캐롤라인의 상식으로는 알면 좋다는 쪽이지만 재중은 고개를 조용히 저었다.

"무언가가 항상 자신의 곁에 있다는 것을 받아들일 준비가 되어 있다면 좋겠지. 후후훗."

"그거야 그렇지만……."

캐롤라인은 재중의 말을 듣고서야 왜 연아에게 쉐도우의 존재를 알려주지 않았는지 조금은 이해가 되었다.

시우바 회장은 시우바 그룹의 회장이다.

즉 좋든 싫든 간에 항상 누군가에게 노출되어 있다는 뜻이다.

그 말은 당연히 적의 눈에도 노출이 될 수밖에 없다는 것과 같다.

애초에 그런 시선과 상황을 견뎌낸 시우바 회장이었으니 쉐도우의 존재는 너무나 고마운 것일 터이다.

하지만 시우바 회장과 같은 세계적인 기업가와 연아는 상황이 달랐다.

연아는 평범한 여자였다.

이제야 무언가 사업을 한다고 하지만 아직 시작도 하지 않은 상태이다.

거기다 총과 마약이 흔한 브라질과 달리 한국은 치안이 아시아에서도 최고 수준으로 알아줄 만큼 좋은 곳이다.

그렇기에 연아에게 쉐도우의 존재는 시우바 회장의 경우와는 달리 해석될 여지가 있었다.

안전을 보장할 수는 있지만, 또 한편으로는 누군가 자신을 항상 지켜보고 있다는 오해를 할 수 있는 소지가 다분했다.

혹시라도 연아가 하는 사업이 잘되어서 대외적으로 알려지고 활동이 많아지는 경우가 온다면 재중도 말해줄 생각이다.

하지만 지금은 굳이 그럴 타이밍은 아니었다.

연아가 미리 알아서 좋을 것이 없기에 그냥 입 다물고 있는 것이다.

속을 알고 보면 배려하는 것이지만, 그걸 모르고 겉모습만 본다면 재중은 참 무심한 사람이기도 했다.

"아, 그리고 서영은요?"

재중와 연인이 된 천서영도 쉐도우를 가지고 있는지 궁금했다.

"아직은……."

재중은 고개를 저었지만 대답이 애매했다.

"곧 줄 예정이라는 거네요?"

아직은 아니지만 줄 수도 있다는 뉘앙스에 캐롤라인은 바짝 긴장한 표정으로 되물었다.

"상황에 따라 다르겠지만, 연인을 지키는 건 당연한 일 아닌가?"

상황에 따라서 천서영에게도 쉐도우를 줄 수도 있고 주지 않을 수도 있다는 애매한 말이긴 했다.

하지만 캐롤라인이 보기에는 천서영도 쉐도우를 받을 가능성이 상당히 높았다.

"쩝, 선수를 뺏긴 것만이 아니라 다른 것도 다 늦네."

쉐도우의 존재를 몰랐다면 재중의 곁을 먼저 차지한 천서영이 그다지 부럽지는 않았을 것이다.

왜냐하면 자신도 재중의 옆으로 다가갈 자신이 있으니 말이다.

하지만 쉐도우를 선물로 받을 가능성이 높다는 사실에는 살짝 부러울 수밖에 없었다.

의외로 여자들은 자신이 가지고 싶은 것을 상대가 가지고 있는 것에 부러워하는 경우가 많다.

간단하게 예를 들면 친구가 좋은 가방을 갖고 있으면 왠지 자신도 그것을 갖고 싶은 것과 비슷한 경우이다.

더구나 쉐도우의 가치는 그깟 가방의 수준을 가볍게 뛰어넘은 것이다.

—마스터.

'응?'

재중은 갑자기 테라가 자신을 부르는 소리에 무슨 일이냐는 듯 대답했다.

—이 기회에 합류시키는 게 어떨까 해서요.

'누굴?'

—바네사요. 지금 마스터의 명령이 떨어지기만을 대기하고 있거든요.

'음…….'

재중은 테라의 말을 듣고 생각해 보니 확실히 지금처럼 좋은 기회가 없었다.

어차피 연아의 비서로 투입할 생각이다.

거기다 연아와 천서영, 그리고 캐롤라인까지 앞으로 며칠이 될지 모르지만 함께 지내면서 빠르게 친해질 수 있는 기회였다.

이런 기회가 흔하지 않을 것이기에 테라의 조언은 아주 적절했다.

'그럼 불러.'

—네. 그럼 스페인 쪽에서 기다리도록 조치를 취할게요,

마스터.

테라는 바로 바네사에게 연락을 취해 스페인에서 재중 일행을 맞이하도록 명령을 내렸다.

일행에겐 믿을 만한 비서가 필요할 것 같아서 불렀다고 하면 될 것이다.

지금이야 시작하는 단계이니 굳이 비서가 없어도 괜찮았다.

컨설팅 쪽에서 많은 도움을 주는 상황이고 말이다.

하지만 일단 본격적으로 사업을 시작하게 되면 컨설팅은 빠지게 될 것이다.

그럼 연아가 직접 움직여야 한다는 뜻이다.

물론 연아가 양부모 밑에서 마켓을 운영하면서 기본적인 것을 배우기는 했다.

하지만 아무래도 본격적인 사업과는 많이 다를 것이었다.

그러니 앞으로 비서가 필요할 것은 당연했다.

마침 지금이 며칠이라도 같이 지내면서 빠르게 친해질 기회이니 바네사를 연아의 곁에 두기에는 최고의 타이밍이었다.

"준비 끝!"

연아가 준비를 했는지 커다란 캐리어를 끌고 밖으로 나

오자 뒤이어 천서영도 밖으로 나왔다.

물론 캐롤라인은 이미 문 앞에 있던 자신의 짐을 밖으로 꺼내놓은 상태이다.

천서영까지 모두 밖으로 나오자,

끼익!

기다렸다는 듯 커다란 리무진 한 대가 재중 앞에 멈춰 섰다.

"공주님께서 모셔 오라고 하셨습니다."

"네."

이미 알리시아 공주는 재중을 데려가려고 사람을 보낸 것이다.

그런데 그는 재중 외에 캐롤라인과 천서영까지 보더니 질문했다.

"혹시 모두 일행이십니까?"

공주에게 들은 일행보다 숫자가 늘었기에 물은 것이다.

"네, 일행이 좀 늘었습니다."

"알겠습니다. 타시죠."

어차피 재중 일행이 몇 명이 되었든 무조건 데리고 가야 하는 그였다.

그저 나중에 보고하기 위한 의무적인 질문일 뿐이다.

물론 재중도 그걸 알고 있기에 간단하게 대답한 것이다.

"공주님께서는 이미 공항으로 출발하셨기에 저희도 공항으로 가겠습니다."

연아와 천서영이 짐을 싸느라고 오히려 재중이 조금 늦은 상태였다.

하지만 재중이 가지 않는다면 공주도 두바이를 떠나지 못하는 상황이다.

재중이 갑, 공주가 을의 입장이기 때문에 재중은 여유롭기만 했다.

Chapter 05
뜻밖의 초대

재중귀환록

"우와! 이게 전용기야?"

스페인 왕가의 전용기에 오른 연아는 자신이 타던 여객기와는 완전 다른 내부의 모습에 연신 감탄사를 연신 내질렀다.

익숙할 만한 천서영도 내심 주변을 두리번거리면서 감탄한 표정이다.

"우선 여기에 앉으세요. 이륙해서 일정 고도에 도달할 때까지는 안전을 위해 앉아 있어야 하거든요."

공주가 자신의 옆자리를 권하자 연아가 먼저 냉큼 앉았

고, 천서영과 캐롤라인도 조용히 앉았다.

그렇게 모두가 자리에 앉자 그제야 전용기가 출발하는데 확실히 고급스러웠다.

우선 엔진 소리가 거의 희미하게 들릴 만큼 방음 시설이 좋았다.

거기다 실내는 비행기 내부라고 생각하기 힘들 만큼 편리하게 꾸며져 있었다.

마치 일반 가정집 거실을 보는 듯 벽에는 책이 잔뜩 꽂혀 있고 중앙에는 커다란 탁자가 있어서 회의 같은 것을 하기에 이상적인 디자인이었다.

거기다 뒤쪽에는 방이 무려 네 개나 독립적으로 만들어져 있었다.

일반적으로 왕족이 개인적으로 움직인다는 것을 생각하면 오히려 방이 남을지도 몰랐다.

"처음 뵙는 분도 있네요?"

연아와 천서영은 이미 호텔에서 만났기에 가볍게 인사를 마친 뒤였다.

하지만 캐롤라인은 처음 보기에 슬쩍 소개를 바란다는 듯 말을 꺼낸 공주였다.

"재중 씨의 두 번째 연인이 될 사람이라면 이해가 빠르겠죠?"

순간적으로 주변의 모든 시선이 재중에게 몰릴 만큼 도발적인 캐롤라인의 소개다.

헛기침을 하는 신승주부터 황당한 표정을 짓는 연아까지 표정이 가지각색이었다.

하지만 정작 시선의 중심에 있는 재중은 그저 씨익 웃을 뿐이다.

"죄 많은 남자군요, 재중 씨는."

알리시아 공주가 슬쩍 농을 섞어 재중에게 핀잔을 주었다.

물론 겨우 그 정도 농담에 재중의 표정이 변할 리 없었다.

"어쩌다 보니……."

가볍게 받아친 재중이다.

물론 알리시아 공주도 재중이 그럴 줄 예상하고 있었다.

두바이 국왕 앞에서도 여유를 잃지 않던 사람이니 자신의 농담에 흔들리지 않으리라는 건 진작 예상한 바였기에 그저 웃어 넘겼다.

하지만 웃는 것은 거기까지였다.

이제부터 할 이야기는 아무래도 왕가의 치부에 속할 수밖에 없기에 살짝 표정이 굳어진 알리시아 공주가 일행에게 물었다.

"지금부터 중요한 이야기를 해야 하는데… 여러분은 어떻게 하시겠습니까?"

알리시아 공주는 굳이 재중에게 부탁하지 않았다.

대신 재중의 일행인 그녀들을 둘러보며 눈치껏 알아서 빠져 주길 돌려서 말한 것이다.

"전 좀 쉴게요. 아무래도 연속 비행이어선지 무리가 와서……."

"저도 방금 전까지 비행기를 타다 와서 그런지 피곤하네요."

눈치 빠른 캐롤라인은 연아가 일어서자 자신도 곧장 일어섰다.

어차피 이곳은 비행기 안이다.

어디 갈 곳이 없는 이상 피해줄 때는 피해줘야 했다.

특히나 왕가의 공주가 중요한 말을 할 정도면 자신들이 끼어들어 봐야 좋을 게 없다는 것을 그동안의 경험으로 잘 알고 있는 캐롤라인이다.

그리고 연아는 재중이 알리시아 공주와 개인적으로 약속이 있다는 말을 들은 바가 있었다.

하지만 천서영만은 조용히 생각하는 듯한 모습으로 대답하지 않고 앉아 있다.

"……."

"……."

당연히 연아와 캐롤라인의 시선이 침묵과 함께 천서영에게 향했다.

"아, 미안해요. 저도 좀 피곤하네요."

무슨 생각을 했는지 모르지만 천서영이 뒤늦게 황급히 일어선다.

"죄송해요. 아무래도 왕가의 일이다 보니……."

알리시아 공주가 예의상 사과를 하자 다들 받아들이는 눈치다.

물론 연아와 캐롤라인, 그리고 천서영은 재중이 무슨 일로 알리시아 공주와 함께 움직이는지 궁금했다.

하지만 물어봤자 재중의 성격상 대답을 듣기 힘들 것을 알기에 그냥 포기한 것이다.

그렇게 재중의 일행이 가장 끝 방으로 들어간 뒤, 알리시아 공주가 조심스럽게 물었다.

"제가 실례한 건 아니겠죠?"

혹시라도 일행을 쫓아낸 것이 재중의 심기를 건드렸는가 싶었던 것이다.

하지만 재중은 고개를 저었다.

어차피 쟁롯에 관한 일이다.

오히려 알리시아 공주가 보내지 않았다면 재중이 먼저 나서 테라를 시켜 강제로 재웠을지도 모른다.

"우선 원래의 계획보다 빨리 스페인으로 떠나게 되어서 미안해요, 재중 씨."

"괜찮습니다. 하지만 상황을 보니 아무래도 눈치를 챈 모양이군요."

당초 재중은 며칠 정도 두바이에 머물 계획이었다.

그 뒤 스페인으로 가는 알리시아 공주와 함께 들어갈 예정이었던 것이다.

그런데 그런 계획과 달리 지금 바로 스페인으로 움직이는 것은 누군가의 호출이 있었다는 뜻이다.

그리고 왕가의 공주를 마음대로 호출할 수 있는 위치에 있는 인물은 재중의 생각에 한 명뿐이다.

"네, 폐하께서 눈치채신 것 같아요. 거기다 두바이 왕가와 약혼을 파기한 것까지 이미 그분 귀에 들어간 걸로 짐작되고요."

"빠르군요."

두바이 왕가에 찾아가서 약혼을 파기한다고 말한 것이 불과 몇 시간 전의 일이다.

그런데 그게 벌써 스페인에 있는 알프레도 6세의 귀에 들어갔다는 것은 상당히 정보가 빠르다는 뜻이다.

"아무래도 아직 제 곁에 폐하의 사람이 많이 남아 있나 봐요."

알리시아 공주는 재중의 경고 후 의심되는 사람은 모두 스페인으로 돌려보냈다.

그런데도 불과 몇 시간 만에 두바이 왕가의 일이 알프레도 6세의 귀에 들어갔다.

이는 알리시아 공주가 모르는 스파이가 공주의 곁에 있다는 말로밖에 설명할 길이 없었다.

당장 계획이 틀어진 것은 눈앞에 닥친 어려움이다.

하지만 무엇보다 가장 알리시아 공주를 힘들게 하는 것은 바로 자신의 곁에 믿을 사람이 없다는 사실이었다.

만약, 알프레도 6세의 말을 따라 움직였다면 사실 그래도 상관없었을 것이다.

하지만 이제는 스스로 자신의 뜻에 따라 움직이기 시작한 그녀였다.

주변에 믿을 사람이 없다는 것은 대단히 스트레스일 수밖에 없었다.

특히나 알프레도 6세의 명령을 받는 사람이 언제 신승주에게 위해를 가할지 모른다는 것.

그것이 그녀를 가장 힘들게 했다.

그렇다고 공주가 무조건 마음에 안 든다고 내쫓을 수도

없었다.

그들은 왕가에 충성을 다하고 있는 것이니 말이다.

현 스페인 국왕인 알프레도 6세의 명령을 충실히 따른 죄밖에 없는 그들이다.

그러니 공주는 이러지도 저러지도 못하는 것이다.

그저 신승주의 곁에 최대한 찰싹 붙어서 공주 스스로가 보호하는 수밖에는 없었다.

"권력을 완전히 잡고 있다고 봐야겠군요."

공주에게 은밀하게 사람을 심어놓을 정도면 그 외 다른 사람들은 어떻겠는가?

아마 스페인 왕가에는 알프레도 6세의 눈이 미치지 않는 사람이 없을 것이다.

주도면밀한 성격인 것도 있지만 철저한 계산과 계획하에 알프레도 6세가 움직이고 있다는 것을 보여주는 증거였다.

"확실히 왕위에 오른 뒤로 왕가를 안정시키는 데 시간이 얼마 걸리지 않기는 했어요. 하지만 이 정도일 줄은……."

아마 재중이 없었다면 알리시아 공주는 아직도 자신의 곁에 알프레도 6세의 눈과 귀가 있다는 것을 전혀 모르고 있었을 것이다.

그만큼 믿고 있던 사람이 대부분이었다.

"그렇다면 저의 존재도 알프레도 6세에게 드러났겠군 요?"

재중이 나직하게 자신의 존재를 언급하자,

"아마 알고 있을 거예요."

알리시아 공주가 가만히 고개를 끄덕였다.

하지만 공주의 얼굴 표정이 그다지 어둡지는 않아 보였 다.

"하지만 폐하께서도 재중 씨가 쟁롯을 처리할 수 있는 능 력을 가지고 있다는 것은 모를 겁니다. 만약 알았다면 같이 오라고 호출하지 않았을 테니까요."

그렇다.

지금 이렇게 스페인에 가는 것은 공주의 초대가 아니라 바로 알프레도 6세의 초대였다.

본래는 알리시아 공주가 재중을 초대해서 공주의 손님으 로 왕가를 방문할 계획이었다.

어차피 빅 핸드로 유명한 재중이다.

알리시아 공주가 구단의 자금 문제로 재중을 초대했다 고 하면 그 누구도 이상하게 생각하지 않았을 테니 말이 다.

그런데 두바이 왕가에서 있던 일을 알게 된 알프레도 6세가 재중을 직접 초대했다.

그러다 보니 상황이 역전되었다.

계획과는 달리 알리시아 공주가 재중을 데리고 국왕의 명령을 받아 스페인으로 들어가는 모습이 되어버렸다.

즉 재중은 알리시아 공주의 손님이 아니라 알프레도 6세의 손님이 되어버린 것이다.

공주의 손님과 현 국왕의 손님, 이건 입장이 완전히 달랐다.

공주의 손님은 상황에 따라 입국 금지도 할 수 있지만, 현 국왕의 손님은 국왕을 만날 때까지는 그 누구도 막을 수가 없다.

즉 재중이 알리시아 공주와 함께 왕가 전용기에 몸을 실은 그 순간부터 재중의 신변은 스페인 왕가가 보호하는 것이다.

"무슨 생각을 하시는 건지 모르겠어요, 전."

알리시아 공주는 알프레도 6세가 무슨 생각으로 재중을 초대했는지 머릿속이 복잡하기만 했다.

그의 평소 성격을 생각해 보면 당장 알리시아 공주와 신승주를 끌고 오라고 해도 이상하지 않았다.

그만큼 다혈질이다.

하지만 이번에는 재중을 정중하게 초대했을 뿐만 아니라

신승주의 입국도 허락했다.

본래 스페인에서는 신승주의 입국이 금지되어 있었다.

하지만 이번엔 그것도 풀어주었다.

상황이 이러니 알리시아 공주는 도대체 알프레도 6세가 무슨 생각으로 재중을 초대한 것인지 속마음을 판단하기가 쉽지 않았다.

물론 재중이 가지고 있는 투자 능력, 그리고 경제 위기에 빠져 있는 스페인의 상황을 생각하면 재중의 도움이 필요한 것은 사실이다.

하지만 문제는 알프레도 6세는 스페인의 경제에 크게 신경 쓰는 사람이 아니라는 것이다.

즉 나라를 위해서 재중을 초대할 만큼 세상을 보는 시각이 넓은 사람이 아니라는 게 알리시아 공주의 판단이다.

물론 다른 사람들도 그렇게 알고 있다.

왕위 서열에서 멀리 떨어져 있다가 왕위에 올랐기에 알프레도 6세는 현재 왕권을 튼튼하게 하는 것에만 몰두할 수밖에 없는 상황이다.

그리고 그렇게 했기에 왕가 인물들에게 자신의 사람을 몰래 심어놓을 수 있는 것이기도 했다.

왕권을 지키기에 급급한 사람이 갑자기 스페인의 경제

위기를 위해서 재중을 초대한다?

그것도 자신이 감시하던 공주가 국왕이 한 약속을 일방적으로 깨뜨린 것을 알고도 초대한다는 것은 결코 쉽지 않은 일이다.

거기다 알리시아 공주가 사랑하는 남자 신승주의 뒤에 재중이 있다.

두바이 왕가에서 재중의 입으로 말한 사실이다.

즉 알프레도 6세의 입장에서 재중을 초대한다는 것은 신승주를 초대하는 것이나 마찬가지였다.

그리고 당시에 신승주를 쫓아내는 데 가장 적극적으로 나선 인물이 바로 알프레도 6세였다.

왕가에 어울리지 않는다면서 멸시하던 사람이 이번에는 태도를 바꿔 스스로 불러들인다는 것은 도무지 이해가 가지 않았다.

재중도 그런 알리시아 공주의 생각을 어느 정도 느낄 수 있었다.

그래서 상황을 파악하기 위해 테라에게 물었지만 또렷한 답은 돌아오지 않았다.

─그게… 저도 스페인 왕가 내에 들어가는 것이 힘들어요, 마스터. 누군지 모르지만 스페이 왕실에 결계가 쳐져 있어서 제 패밀리어가 조금만 접근해도 귀신같이 결계가

발동해 실패했거든요, 마스터.

'결계? 마법 결계라는 말인데…….'

―네. 그런데 좀 이상한 것이 스페인 왕실의 결계가 제법 오래전에 만들어진 것이에요.

'응? 그게 무슨 말이야?'

―그러니까 마스터와 제가 고민하는 삼합회의 마법과는 완전 다른 것이에요. 오히려 대륙의 순수 마법에 가깝다고나 할까? 삼합회처럼 부적술과 섞어서 마법을 감춘 것이 아니라 순수하게 마법 자체로 발동하는 것을 느꼈거든요.

'…….'

테라의 말에 재중은 잠시 생각해 보았지만 역시나 이상했다.

대륙의 것과 가까운 순수 마법이 오래전에 스페인 왕가에 만들어졌다?

그것은 결국 스페인 왕가의 결계를 대륙의 마법사가 넘어와서 만들었다는 황당한 결론에 도달할 수밖에 없었으니 말이다.

'누굴까?'

베르벤이 이미 재중을 데리러 지구로 넘어온 적이 있으니 과거에도 넘어온 사람이 있을 수도 있다.

아니, 어쩌면 그 사람이 지구에 계속 살고 있을지도 몰랐다.

하지만 쉽게 생각할 수 없었던 것은 바로 베르벤이 차원을 넘은 것은 정말 어려운 상황이 있었기 때문이다.

그녀처럼 절박한 상황이 아닌 이상 차원을 넘어 완전 다른 세상으로 넘어온다는 것이 쉬운 일일까?

재중이 생각하기에 그건 엄청난 모험이었다.

왜냐하면 재중도 더 이상 자신의 힘으로는 어쩔 수 없는 상황까지 몰린 뒤에야 베르벤을 따라 차원을 넘었던 것이다.

베르벤도 마찬가지다.

재중이 아니면 대륙의 모든 인류가 멸종한다는 최악의 상황에 몰렸기에 차원을 넘어 지구로 왔다.

즉 베르벤 이전에 대륙의 마법사가 지구로 넘어와서 마법을 사용했다는 생각은 말 그대로 확률이 대단히 낮은 가능성일 뿐이다.

'직접 왕궁에 가서 보면 어떤 마법인지, 또 만들어진 시간을 알아낼 수 있겠지?'

재중이 슬쩍 물어보았다.

―전 드래곤의 마도서예요. 세상에 제가 모르는 마법이 있을 수는 있어도 제 눈을 피할 수 있는 마법은 없어요, 마

스터.

'그럼 직접 확인해 보면 되겠지.'

아무리 생각해도 이유를 모른다면 결국 결론은 하나였다.

직접 가서 경험해 보는 것만큼 확실한 것은 없다.

특히나 그게 마법이라면 테라의 이목을 벗어날 수 없을 터이다.

"……?"

테라와 열심히 이야기 중이던 재중은 멀리서 뭔가 자신을 향해 빠르게 다가오는 것을 느꼈다.

"왜 그러세요?"

알리시아 공주가 재중의 표정이 갑자기 변하자 놀라서 물었다.

"무언가 빠르게 접근하는군요. 전투기 같은데 온 방향을 보면 스페인 쪽인데?"

재중이 레이더가 아닌 그저 감각만으로 방향과 속도, 물체의 느낌으로 알아채고 말했다.

"잠시만요."

즉시 알리시아 공주가 일어서서 앞쪽의 조종실로 가더니 금방 다시 나왔다.

그런데 표정이 편안한 것을 보니 최소한 적은 아닌 듯

했다.

"왕실에서 보낸 전투기예요. 국왕의 손님을 호위하기 위해서 출동했다 하네요."

"훗, 너무 큰 환대를 받는군요."

이쯤 되자 재중도 무언가 이상하게 돌아간다는 걸 확신할 수밖에 없었다.

재중 개인을 위해 군대까지 움직여 전투기를 보낸다는 것은 알프레도 6세의 본의를 의심하기에 충분했으니 말이다.

재중은 한 국가를 대표하는 위치도 아니고 대외적으로 그저 돈 많고 돈 잘 다루는 인물일 뿐이다.

그런 사람을 초대하는 것까지는 어느 정도 이해가 가는 범위다.

그렇지만 제법 먼 곳에서부터 호위하기 위해서 전투기를 보낸 것은 아무리 봐도 지나친 접대였다.

일반적으로 보기에 알프레도 6세가 재중을 이렇게까지 극진하게 대할 필요가 없으니 말이다.

하지만 재중이 그러거나 말거나 전투기는 크게 한 번 선회한 뒤 양쪽에 한 대씩, 그리고 뒤쪽으로 두 대가 호위하듯 감싸는 편대를 이루었다.

이런 상황이면 누가 재중을 노리고 미사일을 날려도 충

분히 막아낼 수 있을 듯했다.

"불안한가요?"

재중은 후한 대접을 받으니 그냥 그대로 즐기자는 생각
이다.

Chapter 06
성대한 대접

재중귀환록

알리시아 공주는 재중과 달리 불안한 듯 눈동자가 심하게 흔들리는 것을 숨기지 못했다.

　거기다 신승주의 손을 얼마나 강하게 움켜잡았는지 남자인 신승주의 손에 피가 흐르지 않아 살짝 노랗게 될 정도이다.

　"그러다가 신승주 씨 손에 쥐납니다."

　"헛! 미, 미안해요."

　알리시아 공주는 재중의 손에 쥐난다는 말에 자신의 손을 내려다보고는 놀라며 황급히 신승주의 손을 놓았다.

그러자 노랗던 신승주의 손이 다시 빠르게 본래의 모습으로 돌아오기 시작했다.

하지만 갑자기 손에 피가 흐르기 시작하면서 느껴지는 짜릿한 감각까지는 어쩔 수가 없었다.

"미안해요, 승주 씨."

허둥거리던 알리시아 공주는 황급히 신승주의 손을 잡아 풀어주려고 했다.

하지만 사실 그냥 두는 것이 가장 좋은 해결책이다.

자는 도중 손이나 발이 눌렸다가 일어났을 때 손에 피가 흐르면서 짜릿한 고통을 느낀 경우가 있을 것이다.

그럴 때 누가 풀어준다고 만지거나 주무르면 그 고통이 몇 배로 커진다.

즉 지금 알리시아 공주가 신승주의 손을 주무르는 것은 그의 고통을 크게 할 뿐 별다른 도움이 되지 않았다.

하지만 어쩌겠는가? 사랑하는 여자가 주물러 주는 상황이니 그냥 참을 수밖에.

"많이 불안한가 보군요."

"……."

재중의 말에 알리시아 공주는 대답하진 않았지만 이미 표정과 흔들리는 눈동자만으로도 대답한 셈이다.

재중은 알프레도 6세가 어떤 사람인지 자세히는 알지 못했다.

그저 대륙에 있을 때 본 왕들과 비슷하거나 그 정도 수준일 것이라고 생각할 뿐이다.

하지만 알리시아는 그의 혈족이다.

그렇기에 어릴 때부터 알프레도 6세를 보아왔다.

어쩌면 너무나 잘 알기에 지금 더욱 불안한 것일지도 모른다.

왜냐하면 알리시아가 알고 있는 알프레도 6세는 절대로 재중을 초대하거나 이렇게 전투기까지 보내서 호위를 지시할 인물이 아니기 때문이다.

왕권 강화에 혈안이 되어 한때 폭군이 되지 않을까 걱정하던 사람이 바로 알프레도 6세이다.

알리시아 공주는 그나마 레알 마드리드 구단을 운영하기 위해서 왕실과 떨어져 있다 보니 알프레도 6세의 칼날을 피할 수 있었던 것이나 다름없었다.

물론 공주라는 사실도 어느 정도는 영향이 있긴 했다.

그런데 그런 알프레도 6세가 전혀 예상 밖의 행동을 한 것이다.

알리시아 공주는 소위 멘붕 상태가 되어버렸다.

사람이 가장 무서울 때가 언제인지 묻는다면 의외의 행동을 할 때라고 대답하는 사람이 제법 있을 것이다.

특히나 자기 욕심이 강하고 권력을 위해서 물불을 가리지 않던 사람이 친절을 베푼다면 특히나 더욱 불안할 것은 당연했다.

그런데 지금 알프레도 6세가 딱 그러했다.

속을 알 수 없는 친절에 무슨 생각인지 예측하기 힘든 상황까지 맞이해야 하는 처지라면 어떤 누구라도 알리시아 공주와 비슷하게 불안에 떨게 될 것이다.

"……."

재중은 알리시아 공주의 불안해하는 마음을 먼저 가라앉혀야겠다는 생각이 들었다.

재중이 슬쩍 일어서더니 그녀의 어깨에 손을 살짝 올렸다.

"……?"

알리시아 공주는 재중이 자신의 어깨에 손을 얹자 놀라기보다 왜 그런 행동을 하는지 궁금한 듯 쳐다보았다.

"……?"

그런데 의문은 잠시였다.

강하게 뛰던 심장이 빠르게 느려지더니 평소의 심박 수로 돌아오는 것이 아닌가?

거기다 심장뿐만이 아니다.

서서히 몸의 경직도 풀리고 마음이 차분하게 가라앉기

시작했다.

마치 누군가가 자신의 마음을 조종하는 것 같은 느낌이다.

"재, 재중 씨, 설마……?"

그때서야 재중이 지금 자신을 위해서 힘을 썼다는 것을 알아챈 알리시아 공주다.

공주가 혹시나 하며 물었지만 재중은 그저 웃을 뿐이다.

"결전을 앞두고 벌써 긴장해 머릿속이 복잡하면 질 확률이 높아지지 않을까요?"

에둘러서 말했지만 알아들은 알리시아는 피식 웃었다.

정확하게 재중이 말한 대로였다.

알리시아 공주는 머리 좋은 사람들이 쉽게 저지르는 실수를 자신도 똑같이 저질렀다는 것을 깨달았다.

생각과 고민, 그리고 불안으로 스스로를 옭아매는 버릇 말이다.

머리 좋은 사람들, 특히 알리시아처럼 왕가에서 태어나 고등교육을 체계적으로 받은 사람들은 자신이 생각하고 결정한 판단을 맹목적으로 옳다고 믿는 경향이 있다.

물론 혈통이 혈통이다 보니 어쩌면 그 정도의 오만함은 당연하기도 하다.

그러나 문제는 그런 생각이 도를 넘어서까지 깊이 들어

가면 오히려 스스로 고민에 빠져 헤어 나오지 못하는 경우가 생긴다는 점이다.

지금의 알리시아처럼 말이다.

그녀는 알프레도 6세의 의외의 행동에 고민에 고민을 거듭하다가 자신도 모르는 사이에 스스로가 만든 공포와 불안에 몸이 굳어버린 상태였다.

재중은 다른 건 모르지만 알리시아 공주의 변화가 눈에 띄게 나빠지는 것을 보고 어쩔 수 없이 손을 썼다.

타이밍상으로 보면 정말 적절했다.

여기서 조금만 더 알리시아 공주가 자신의 생각에 깊이 빠져들었다면 어쩌면 공주 스스로 무너졌을지도 모른다.

반면 재중은 알리시아 공주의 상태를 보고서 묘한 미소를 지었다.

'머리가 대단히 좋은 왕이야.'

갑작스럽게 재중을 불러들이는 행동, 거기다 신승주까지 초대하는 의외성, 마지막으로 생각하고 고민할 시간을 주지 않고 빠르게 행동하는 결단력까지.

모든 것이 알리시아 공주를 혼란에 빠뜨리게 하려는 알프레도 6세의 계획이라는 것을 눈치챈 것이다.

사실 정확하게 말하자면 재중이 알프레도 6세와 비슷한 왕을 대륙에서 만난 적이 있기에 빠르게 눈치챘는지도 몰랐다.

과거 소위 이중인격이라고 하는 두 얼굴을 가진 왕을 만난 적이 있는 재중이다.

그때의 기억이 너무나도 인상적으로 남아 있기에 알프레도 6세의 행동이 묘하게 익숙했던 것이다.

'아마 내가 없었다면 알리시아 공주는 홀로 고민에 빠져 있다가 알프레도 6세를 만났을 때는 이미 반쯤 무너져 있었 겠지.'

실로 사람의 심리를 절묘하게 파고드는 계획이 아닐 수 없었다.

물론 알리시아 공주의 혈족이기에 그녀를 성격을 잘 파악하고 있어 가능한 계획이긴 했다.

만약 재중이 없었다면 거의 성공할 뻔했으니 확실히 세간의 평가와 많이 다른 사람인 것은 확실했다.

그리고 그렇기에 재중도 살짝 긴장하기 시작했다.

'주변의 눈을 완벽하게 속이는 사람일수록 무엇을 숨기고 있는지 알 수 없는 법이지.'

완벽하게 자신을 속이는 사람이 가장 무서운 법이다.

왜냐하면 무엇을 숨기고 있는지 그 누구도 모르고 있으니 말이다.

하지만 그뿐이다.

재중에게 있어 두 가지 얼굴을 가지고 있든 열 가지 얼굴을 가지고 있든 결국 그는 인간일 뿐이니 말이다.

권력도 통하는 사람에게나 통하는 법이다.

드래곤인 재중에게 인간의 권력은 그저 길가의 돌멩이와 다를 바 없었다.

*　　*　　*

"마스터~"

재중이 공항을 통과하는 일은 마치 프리패스를 받은 것처럼 일사천리로 진행되었다.

일행이 밖으로 나오자 바네사가 깔끔하면서도 편한 옷차림으로 재중을 향해 다가왔다.

"일찍 왔군."

재중은 자신이 전용기로 왔기에 조금은 늦을 것으로 생각했다.

"마스터께서 두바이로 가실 때 전 이미 스페인 행 비행기에 올라탔으니 늦을 수가 없죠."

"훗."

재중은 테라가 이미 다 준비해 놓고 재중에게 허락만 구했다는 것을 알고는 슬쩍 웃어버렸다.

딱히 테라를 나무랄 수는 없는 일이다.

아니, 예전부터 이렇게 재중의 명령이 아니라도 테라가 알아서 움직이길 바라왔으니 오히려 반가워할 일이다.

"그보다 제가 모시게 될 동생분은… 이분이군요."

바네사가 정확하게 연아 앞으로 다가가더니 정중하게 인사를 건넸다.

역시 전직 킬러답게 연아의 얼굴 정도는 모두 기억하고 있는 듯했다.

연아는 갑자기 금발의 미녀가 자신을 향해 인사를 하자 놀라서 재중을 쳐다보았다.

"앞으로 너와 함께할 비서야."

재중은 그런 연아의 눈빛에 가볍게 대답해 줬다.

하지만 재중의 대답을 들은 연아는 황당하다는 듯 되물었다.

"내게 무슨 비서야. 말도 안 돼."

자신의 인생에서 비서를 두게 될 것이라고는 생각도 해본 적이 없는 연아였기에 손사래를 치면서 당황해했다.

재중은 이미 연아가 그럴 것을 잘 알고 있었기에 차분하게 말해주었다.

"지금이야 컨설팅 매니저가 도와주고 있지만 시작하고 나서도 계속 그쪽 컨설팅 매니저의 손을 빌릴 수는 없잖아?

안 그래? 그리고 믿을 만한 사람이니까 걱정 마."

"그야 그런데… 내게 비서라니 참 부끄럽네."

연아는 뜬금없이 자신에게 비서가 생긴 것이 부끄럽기도 하고 한편으로는 재중이 이렇게 살뜰하게 챙겨주는 것이 고맙기도 했다.

하지만 또 한편으로는 재중의 도움만 받는다는 생각이 들었다.

어떻게든 독립해 보겠다고 시작한 것이 점점 재중의 도움을 받고 있으니 말이다.

"마침 스페인에 함께 있으면서 친해지면 좋잖아."

재중이 슬쩍 원래 계획한 대로 말하자, 연아는 어색해하면서도 고개를 끄덕였다.

"그거야 그런데… 에고, 모르겠다. 반가워요. 난 선우연아예요."

굳이 재중이 믿을 만하다고 사람을 구해줬는데 이제 와서 싫다고 내칠 수도 없었다.

물론 진짜 이유는 업무를 보좌해 줄 사람이 필요하다는 것을 연아 스스로 느끼고 있기 때문이기도 했다.

"그럼 부탁드리겠습니다. 전 바네사 리올레라고 합니다. 그냥 바네사라고 부르시면 됩니다, 사장님."

"헛! 사, 사장님은 무슨, 부끄럽게. 아직 시작도 안 했는데. 호호호호!"

바네사는 특유의 친화력, 아니, 킬러로서 그 어떤 사람과
도 빠르게 친해지는 능력을 맘껏 발휘해 연아의 호감을 빠
른 시간에 얻어내기 시작했다.

그 증거로 연아가 만난 지 몇 분 되지도 않는 바네사를
서슴없이 대하는 것을 보면 알 수 있다.

그런데 그런 연아와 바네사를 가만히 지켜보던 천서영이
슬쩍 재중에게 다가오더니 물었다.

"혹시 바네사 양과 친해요?"

재중에게 너무나 깍듯한 모습에 왠지 이상한 생각이 든
천서영이다.

그래서 특별히 무얼 의심했다기보다는 그저 여자로서의
질문이었다.

재중은 천서영의 질문에 씨익 웃었다.

천서영이 말하는 친하냐의 질문에 대답한다면 '아니다'
이다.

자신을 죽이려고 한 킬러를 동생의 비서로 뽑는 재중의
사고방식은 확실히 평범한 사람은 이해하기 힘들 것이다.

물론 그런 사고방식도, 생각을 실천에 옮기는 것도 모두
능력이 되기에 가능한 일이다.

"서로 미워하는 사이가 정답일 거야."

"네? 그게 무슨……?"

재중이 연아에게 소개해 준 비서이다.

그럼 당연히 아주 친하진 않더라도 적어도 미워하진 않아야 했다.

하지만 재중은 당당하게 미워하는 사이라고 하는 게 아닌가?.

순간 천서영은 당황한 표정이더니 바네사에게 다가가 다시 물었다.

"재중 씨와 친해요?"

"아니요. 전혀 친하지 않아요."

그런데 정말 예상과 달리 바네사의 입에서도 재중과 비슷한 말이 튀어나온다.

말은 다를지 모르지만 바네사의 눈동자는 재중을 미워한다고 말하고 있었다.

그것도 아주 노골적으로 말이다.

"……?"

천서영은 바네사와 재중이 어떤 관계인지는 도무지 알길이 없지만 한 가지만은 확신할 수 있었다.

아직 캐롤라인 외에는 적이 없다는 것이다.

"왕실에서 사람이 나왔어요. 이제 가실까요?"

바네사와의 만남도 어느 정도 마무리가 되자 알리시아

공주가 기다렸다는 듯 건장한 남자들과 함께 재중에게 다가왔다.

전투기까지 보내서 호위를 했으니 공항에 사람을 보내는 것은 오히려 당연한 일이었다.

다들 고개를 끄덕이면서 움직이려고 하던 때,

"잠깐!"

갑자기 알리시아 공주 옆에 있던 남자가 손을 내밀면서 일행을 막아서는 것이 아닌가?

알리시아 공주는 갑작스런 그의 행동에 당황했다.

"왜 그러죠?"

"공주님, 폐하께서 모셔 오라는 분은 선우재중 씨 한 분뿐입니다. 다른 분들은 왕궁 출입을 허락하지 않으셨습니다."

"네?"

알리시아 공주는 뜻밖의 말에 황당해했지만, 재중은 남자를 조용히 쳐다보더니 입을 열었다.

"초대받은 사람이 저뿐이라면 저만 들어가죠."

그러고는 뒤를 돌아보면서 바네사를 향해 슬쩍 눈빛을 보냈다.

"네, 제가 알아서 할게요."

서로 미워하는 사이라고 하는 것치고는 눈빛만으로 서로

대화가 통하는 모습이 신기하긴 했다.

킬러로 살아온 바네사는 이렇게 갑자기 변하는 상황에 너무나 익숙하기에 여유롭게 대처했다.

하지만 그런 바네사의 모습에 연아는 왠지 모를 믿음이 생기기 시작했다.

본래 사람은 갑작스러운 일을 당했을 때 누군가를 의지하게 되는 경우가 많다.

지금 연아가 딱 그런 상황이었다.

재중만 믿고 스페인까지 왔는데 갑자기 재중 외에는 왕궁의 출입을 허가하지 않자 졸지에 스페인에서 홀로 떨어져 버린 느낌이다.

물론 캐롤라인과 천서영이 있긴 하지만 그런 기분이 드는 것은 어쩔 수가 없었다.

그런데 그때 바네사가 적절한 시기에 나서면서 일행의 중심을 잡아주자 자연스럽게 믿음이 생긴 것이다.

"거처가 정해지면 알아서 연락하도록 해."

재중이 모든 것을 바네사에게 맡기듯 말하자,

"네, 그럴게요."

바네사도 익숙하게 대답했다.

하지만 그런 모습을 지켜보던 알리시아 공주가 슬쩍 돌아보면서 물었다.

"승주 씨도 왕궁 출입이 허락되지 않았나요?"

분명 선우재중 한 명만이라고 못 박듯 말하는 모습에 굳은 표정으로 물었다.

"네, 공주님. 폐하께서는 선우재중 씨 한 분만 허락하셨습니다. 그리고 공주님도 오늘은 왕궁 출입을 허락하지 않으셨습니다."

"……."

알리시아는 자신마저도 왕궁 출입을 허락하지 않았다는 말에 표정이 굳어버렸다.

보통 생각하기를, 공주는 왕족이니 왕궁을 들어가는 데 허락이 필요할까라고 생각하겠지만 왕궁은 엄연히 국왕의 집이었다.

그리고 국왕의 집을 들어가는 데 주인의 허락이 필요한 것은 당연한 일이다.

다만 가족이고 혈족이기에 왕궁을 들락거리는 것을 묵인할 뿐이다.

그런데 오늘 알프레도 6세가 알리시아 공주마저도 허락하지 않았다고 한다.

그건 알리시아 공주라도 함부로 왕궁 출입이 불가능하다는 뜻이다.

즉 연아와 알리시아 공주는 둘 다 비슷한 처지가 된 것이다.

"알았어요."

알리시아 공주는 표정을 굳히긴 했지만 국왕의 명령을 거스를 힘이 없기에 결국 승복했다.

그리고 연아를 향해 살짝 웃으면서 말했다.

"같은 처지네요. 후후훗, 미안해요."

그래도 일국의 공주인데 상황이 부끄럽게 되어버렸다.

국왕의 허락이 없으면 왕궁도 함부로 들어가지 못하는 이름만 공주라는 느낌을 스스로 받은 것이다.

그런데 그런 알리시아 공주를 바라보던 재중이 슬쩍 그녀의 곁으로 다가가더니 귓가에 작게 속삭였다.

"혹시라도 분위기가 이상하다면 신승주 씨를 데리고 지체 없이 연아 곁으로 가세요."

"네? 그게 무슨……?"

뜬금없는 재중의 말에 알리시아 공주가 의문을 품었지만 뭐라고 물어볼 사이도 없었다.

재중은 왕궁에서 나온 남자를 따라 이미 걸어가 버렸다.

"공주님?"

신승주가 뒤늦게 알리시아 공주에게 재중이 무슨 말을 했는지 궁금한 듯 다가왔다.

"승주 씨."

"네, 공주님."

"혹시라도 이상한 분위기가 느껴지면 지체 없이 연아 씨에게 달려가세요. 아셨죠?"

알리시아 공주는 지금 스페인에서 가장 위태로운 사람이 신승주라고 생각했다.

알프레도 6세가 어떻게 마음먹느냐에 따라 당장 신승주를 체포할 수도 있으니 말이다.

캐롤라인과 천서영은 외교적 문제가 발생할 가능성이 있기에 그나마 안전했다.

하지만 신승주는 국적은 한국이지만 거의 미국에서 생활하다 보니 애매해져 버린 것이다.

거기다 신승주는 이미 한 차례 스페인 출입금지령이 내려지기도 한 경력이 있었다.

그러다 보니 알리시아 공주로서는 더더욱 걱정스러울 수밖에 없었다.

"그럼 알리시아 공주님도 저희와 같이 움직이시겠습니까?"

어느새 다가왔는지 바네사가 공주의 바로 옆에 서서 물었다.

갑자기 다가온 바네사에 살짝 놀라면서 알리시아 공주가

대답했다.

"네. 우선은 그러죠."

공주는 자신이 느낄 사이도 없이 다가온 바네사의 모습에 살짝 의심이 들었지만, 재중의 사람이기에 우선은 믿기로 했다.

최소한 재중이 자신과 신승주를 상대로 무슨 짓을 할 사람은 아니었다.

Chapter 07
국왕의 유혹

재중귀환록

"선우재중 씨."

스페인 왕가에서 보낸 리무진에 올라타고 공항을 벗어났을 때였다.

재중을 데리러 왔던 남자가 조용히 입을 열었다.

"네, 말씀하세요."

재중이 능숙하게 스페인어로 대답하자 남자가 살짝 놀란 눈을 했다.

"저희 말을 잘하시는군요."

눈을 감고 들으면 스페인 사람이라고 착각할 만큼 자연

스러운 재중의 스페인어 실력에 남자가 물었다.

"공부한다면 누구든지 이 정도는 할 수 있습니다."

재중은 별것 아니라는 듯 부드럽게 넘겨 버렸다.

그러자 남자가 피식 웃었다.

마치 너무나 자연스러운 재중의 지금 모습이 과연 얼마나 오래갈지 두고 보겠다는 듯 말이다.

"우선 신분 확인을 위해 이곳에 손을 올려주시겠습니까?"

스페인 왕가이다.

아무리 국왕의 초대를 받았다고는 하지만 신분 확인은 철저히 해야 한다.

설령 알리시아 공주와 같이 온 이라고 해도 절차대로 해야 하는 것은 어쩔 수 없었다.

"그러죠."

재중이 넓은 투명한 판 위에 손을 올리자,

지잉~

푸른 불빛이 마치 스캔하듯 재중의 손을 한번 지나갔다.

띠링~!

재중이 손을 올린 투명한 판에 녹색 불과 함께 재중의 사진, 이름, 국적, 나이까지 간단한 프로필이 선명하게 떠올랐다.

"신분 확인이 끝났습니다."

남자의 목소리는 정중했지만 여전히 깔보는 듯한 느낌은 남아 있다.

그리고 어떤 것을 조심해야 되는지, 어떤 것도 함부로 만져서는 안 된다는 식으로 주의를 주기 시작했고, 잔소리는 왕궁에 도착할 때까지 이어졌다.

도대체가 초대를 받아서 가는 것인지, 아니면 돈 빌리러 가는 처지인지 구분이 안 갈 만큼 잔소리가 끝없이 이어졌다.

그 잔소리만큼 주의해야 할 것도 많았다.

끼익~

드디어 왕궁에 도착해 잔소리가 끝났다 싶었다.

그런데 재중이 차에서 내리자마자 세 명의 건장한 남자가 빠르게 다가오더니 공항 검색대에서나 볼 법한 탐지기로 재중의 머리끝부터 발끝까지 검사했다.

어떻게 보면 귀찮고 참 기분 나쁜 일일 수도 있지만 재중은 조금 다르게 생각했다.

'머리 좋고 사람의 심리를 파고드는 계획은 잘 세우지만 겁이 많군. 그것도 국왕이라는 그릇에 어울리지 않을 만큼 말이야.'

어찌 되었든 그가 초대했다.

전투기까지 보내서 호위를 할 정도면 대단히 호의를 가지고 있다는 표현이기도 하다.

하지만 재중이 리무진에 올라타고 나서부터는 대접이 완전 달라졌다.

마치 연행해 가듯이 재중을 데리고 가는 것도 그렇지만, 무엇보다 재중을 대하는 왕가의 경호원들 눈빛에서 재중을 깔보는 듯한 느낌이 노골적으로 묻어났다

―마스터, 제가 저놈들을 모두 바다 속에 묻어버릴게요! 감히 어따 대고 깔보는 거야, 이것들이!

테라가 성질이 나서 한바탕 하고 싶다고 난리 칠 정도였다.

이미 리무진에서 재중을 대하는 녀석의 모습에서 화가 나 있던 테라다.

거기에 차에서 내리자마자 검사부터 하는 모습에 짜증이 폭발해 버린 것이다.

자기가 초대해 놓고 이건 해도 너무했다.

물론 재중도 짜증이 나긴 했지만 우선은 지켜보기로 했기에 조용히 있을 뿐이다.

어차피 쟁롯을 처리하기 위해서는 좋든 싫든 알프레도 6세를 직접 만나야 했다.

그렇다면 몰래 만나는 것보다는 이렇게 먼저 초대해 준

게 재중으로서는 다행한 일이기에 오직 그것 하나 때문에
참고 있는 것이다.

"이상 무."

재중의 몸을 한참이나 검사하던 왕실 경호원들이 이상
없다는 말과 함께 신호를 보냈다.

그제야 재중은 왕실 안으로 들어가는 대문을 통과할 수
있었다.

본래 스페인 왕궁은 투어 신청을 하면 가이드를 따라 40여
분 정도 관광을 할 수 있는 유명한 관광지였다.

하지만 알프레도 6세가 즉위하면서 그게 금지되어 버렸
다.

넓은 공원과 함께 사람들의 발길이 가장 많은 곳이었지
만 그것조차도 전부 금지한 것이다.

유명한 관광지였는데 그걸 막아버렸으니 당연히 스페인
국민들이 반발했다.

하지만 왕권을 강하게 만든 알프레도 6세는 그러거나 말
거나 신경 쓰지 않았다.

귀를 막고 자기 맘대로 밀어붙여 버린 것이다.

아무리 왕권이 약해지는 현대 시대라고 해도 왕족의 혈
통이 남아 있는 곳은 절대로 무시하지 못하는 권력을 가지
고 있었다.

영국 왕실이 그렇듯 스페인 왕실도 마찬가지였다.

궁전은 마치 베르사유 궁전을 보는 듯한 아름다움과 화려함이 있었다.

하지만 재중이 그 광경을 보고 느끼는 것은 단 하나였다.

'돈지랄이구만.'

다른 사람은 어떨지 모르지만 재중에게 쓸데없이 화려한 궁전은 낭비였다.

거기다 알프레도 6세에게 그다지 좋은 감정이 없는 것도 어느 정도 영향이 있긴 했다.

"잠시 기다리시면 폐하께서 오실 테니 기다리시면 됩니다."

왕실 경호원은 마치 명령하듯 재중을 응접실로 보이는 넓은 방으로 데려왔다.

그리곤 오직 탁자 큰 것 하나와 소파 몇 개만 덩그러니 있는 그 넓은 공간에 재중을 두고는 그냥 나가 버렸다.

귀찮다는 듯 말이다.

씨익~

그런데 재중은 그런 취급을 당하면서도 오히려 입가에 미소를 짓더니 조용히 중얼거렸다.

"마기가 이 정도로 강하다니 참 신기한 일이네."

재중이 왕실 건물에 들어서자마자 느낀 것은 바로 마기

였다.

그것도 대륙에서 느낀 찐득하면서도 사람을 불쾌하게 만드는 그런 마기와 너무나 흡사했다.

—마스터, 이 정도면 실제 마족을 소환했다고 해도 이해가 될 정도예요.

테라도 재중이 느낀 마기를 그대로 느끼곤 한마디 했다.

"아무래도 쟁롯이 마족의 시체라는 것은 사실인 듯하군."

당초 재중은 쟁롯이 마족의 시체라는 말에 긴가민가하고 있었다.

정신체인 마족이 시체라니?

하지만 왕궁에 들어온 뒤에는 확신할 수 있었다.

테라의 추측이 높은 확률로 맞았다고 말이다.

거기다 대륙에서 직접 마족을 만난 적이 있는 재중에게는 오히려 익숙한 느낌의 마기였기에 확인은 더해갔다.

—바로 처리하실 거예요, 마스터?

어차피 마기와 상극인 재중의 마나다.

겨우 얼굴을 맞댈 정도의 짧은 순간이라도 처리하는 데 큰 문제는 없었다.

그런데 재중은 고개를 흔들었다.

—왜요? 오히려 더 깔끔하고 편하게 끝낼 텐데요.

테라가 되물어보자,

"알프레도 6세가 쟁롯의 본체를 가지고 있다면 그렇겠지."

―그야 그렇지만 상대는 마족이에요. 인간을 발아래로 보는 마족의 성격상 알프레도 6세의 곁에 있을 가능성이 상당히 높아요, 마스터.

테라도 재중이 하는 말의 의미를 알고 있다.

하지만 테라는 반면에 마족의 습성과 성격도 너무나 잘 알고 있다.

인간의 소환술에 마족이 응답하는 것도 모두 자신의 유희를 위해서라는 말이 있을 정도로 마족에게 인간은 그저 장난감에 불과했다.

그런데 그런 인간이 무서워서 마족의 본체가 숨어 있다는 것은 사실 좀 억지스러울 수밖에 없기에 테라는 한마디 한 것이다.

테라의 말대로 알프레도 6세의 곁에 마족의 본체가 있다면야 환영할 일이다.

하지만 재중은 우선은 기다려 보기로 했다.

어차피 기다리면 스스로 올 것이다.

그리고 대략 10여 분 정도 기다렸을까?

끼익~

재중이 있는 응접실 구석에 위치한 커다란 문이 열렸다.

그리고 열린 문 사이로 건장한 남자 여섯 명과 함께 알프레도 6세로 보이는 화려한 옷을 입은 남자가 들어왔다.

그런데 들어오자마자 재중의 양옆으로 두 명이 서더니 뒤쪽에도 두 명이 서는 것이다.

마치 허튼짓을 하면 바로 움직인다는 무언의 협박을 하는 듯하다.

응접실 탁자가 한 개뿐이긴 하지만 무려 3미터가 넘는 엄청난 크기다.

사실상 총이나 그밖에 원거리 무기가 아니라면 알프레도 6세를 공격한다거나 하는 것이 불가능한 상황이지만 그래도 재중을 감싸듯 선 것이다.

압박을 가하는 것이다.

거기다 응접실에서 재중을 만나는 것도 이상했다.

국왕은 자신이 초대하면 대외적으로 알려진 알현실을 이용하는 것이 보통이다.

그래야 자신의 위세를 보여줄 수 있으니 말이다.

특히나 지금처럼 스페인 경기가 휘청거릴 때 월가의 괴물이라고 불리는 빅 핸드를 초청해서 만난다는 것은 정치적으로 알프레도 6세에게 이득이 될 것이 너무나 당연한 상황이었다.

하지만 이곳은 응접실이다.

개인적이거나 알려지지 않는 만남을 갖는 곳으로 이용되는 곳이다.

물론 두바이 왕가에 갔을 경우엔 약혼 파혼이라는 좋지 않은 일로 만나는 것이기에 응접실이 당연했다.

하지만 알프레도 6세는 자신이 초대해 놓고도 응접실을 이용한다.

뭔가 좀 이상할 수밖에 없었다.

"많이 젊군."

알프레도 6세는 이미 육십이 넘어 노인이 된 자신과 달리 서른네 살이라고 들은 재중의 실제 얼굴을 보자 약간은 부럽다는 듯 말했다.

실제로 재중의 외모는 이제 갓 스무 살이라고 해도 믿을 만큼 어려 보였다.

권력을 가지고 있고 나이가 들수록 인간이 원하는 것은 오직 하나이다.

바로 젊음이다.

그건 아무리 돈이 많아도 살 수 없는 것이다.

그렇기에 그 옛날 진시황제도 불노장생의 약을 찾기 위해 그토록 난리를 친 것이 아니겠는가.

"네."

재중은 군이 알프레도 6세에게 고개를 숙일 이유를 느끼지 못했기에 간단하게 대답했다.

찌릿!

재중의 옆에서 지키고 있던 왕실 경호원들은 재중의 건방진 모습에 화가 난 듯 살벌하게 째려보았다.

물론 재중에게 그들의 살기는 그저 옆에서 모기가 윙윙거리는 소리에 지나지 않았지만 말이다.

"후후후훗, 역시 월가의 괴물이라는 소문이 헛되진 않았군그래. 나를 앞에 두고도 이렇게 담대할 수 있다니 말이야."

대단히 오만한 말이다.

하지만 재중은 방금 이 말로 확실히 알르페도 6세의 성격을 파악할 수가 있었다.

오만함과 함께 눈동자 속에는 광폭함까지 담고 있다.

"이곳이 참 멋지다고 생각되지 않나?"

그런데 재중의 그런 행동에도 불구하고 알프레도 6세는 갑자기 뜬금없는 말을 했다.

그러고는 재중의 눈을 뚫어지게 쳐다보기 시작했다.

"좁은 곳에서 살기보다 이곳으로 옮김이 어떤가? 그대가 이곳에 터를 잡는다면 내가 공주의 결혼을 전폭적으로 밀어줄 수도 있는데 말이야."

"……."

재중은 알프레도 6세의 말에 피식 웃었다.

지금 그는 신승주를 가지고 재중을 협박하고 있는 것이다.

즉 재중이 스페인으로 이민을 오거나 국적을 옮긴다면 신승주와 알리시아 공주의 결혼을 다시 생각해 볼 수도 있다는 것이다.

그것도 무언가 선심을 쓰듯 말이다.

아마 두바이 왕가에서 재중이 신승주와 같이 있을 때 적극적으로 그를 보호해 준 것을 들은 것이 분명했다

하지만 알프레도 6세의 방금 그 말은 오히려 재중에게 한 가지 힌트를 준 거나 마찬가지였다.

즉 알리시아 공주의 곁에 있는 국왕의 스파이가 그다지 중요한 정보를 알 수 있는 위치는 아니라는 것을 확인시켜 준 셈이었으니 말이다.

그것을 읽은 재중은 어째서 알프레도 6세가 재중을 초대했는지, 왜 알현실이 아닌 응접실에서 비밀 대화를 하듯 독대한 건지도 알 수가 있었다.

지금 알프레도 6세는 재중을 달래고 있는 것이다.

마치 어린아이에게 사탕을 주면서 따라오라는 유괴범처럼 말이다.

한마디로 재중을 자신의 발아래로 보고 있기에 생각할 수 있는 오만하고도 거만한 생각이 아닐 수 없었다.

거기다 알프레도 6세는 지금 재중의 곁에 서서 노려보고 있는 자들로 하여금 재중을 힘으로 압박하고 있다고 생각하는 것 같았다.

자신감이 가득 찬 눈빛이 그랬다.

씨익~

재중이 알프레도 6세의 말에 입가에 미소를 짓자,

"내 제안이 마음에 들었나 보군."

재중이 자신의 제안을 승낙한다는 것으로 착각했다.

스페인 국왕이 된 뒤로 알프레도 6세는 자신이 말하는 것은 무엇이든 이루어지는 생활을 했다.

당연히 지금 자신이 한 제안을 재중이 절대로 거절하지 않을 것이라고 자신하고 있다.

그런데 그런 알프레도 6세의 미소를 단번에 식혀 버리는 대답이 재중에게서 나왔다.

"제가 왜 한국을 떠나야 하는지 이유를 모르겠군요."

꿈틀.

재중의 거절에 바로 기분이 상한 알프레도 6세는 눈썹을 들썩이면서 노골적으로 기분 나쁘다는 표정을 지었다.

당연히 순식간에 응접실 분위기가 무겁게 가라앉았다.

거기다 재중의 옆에 있는 왕실 경호원들의 눈빛 또한 매섭게 변했다.

그리곤 곧 재중을 압박하던 살기가 더욱 강해지는 것이 아닌가?

말로 안 되면 힘으로라도 재중을 자신의 곁으로 끌어들이기로 작정한 듯하다.

하지만 이미 이런 분위기가 될 것을 재중은 예측하고 있었다.

알프레도 6세가 알현실이 아닌 응접실을 택한 이유를 알게 된 순간부터 어떻게 흘러갈지는 불 보듯 뻔했다.

애초에 그는 재중을 초대했지만 손님으로 대할 생각이 없었던 것이다.

오히려 재중을 구슬려서 회유해 보고 만약 뻣뻣하게 군다면 왕실 경호원들을 이용해서 강제로라도 스페인에 억류시킬 생각이었다.

즉 재중이 혹시라도 도중에 도망갈까 봐 알리시아 공주와 신승주를 같이 데리고 오라고 한 것이다.

한마디로 신승주는 재중을 여기까지 오게 하기 위한 인질인 셈이다.

"크크큭, 이 정도의 배짱은 있어야 내가 탐내는 인재로 손색이 없지. 하지만 나의 아량은 한 번뿐이다. 너의 결정으로 신승주를 구할 수 있다는 것을 기억했으면 하는군."

마치 자신이 신승주와 알리시아 공주의 미래를 마음대로 할 수 있다는 듯 말한다.

알프레도 6세의 태도에 재중은 권력에 미친 인간들의 행동이 어쩌면 이렇게 대륙이나 지구나 똑같은지 신기하기만 했다.

그리고 한 가지 더 재중이 알아챈 것이 있었다.

재중이 본 알프레도 6세의 눈동자는 지금 계속 거짓을 말하고 있었다.

그는 재중만 원할 뿐이다.

신승주는 애초에 안중에도 없었다.

재중이 이민을 오겠다는 서류에 사인만 하면 나머지는 자신이 얼마든지 꾸밀 수 있으니 말이다.

하지만 그 이면에는 그의 욕심과 현재 스페인 왕가에 대한 국민의 인지도를 끌어 올리려는 의도가 다분했다.

이미 스페인 왕가는 영국과 달리 국민의 왕가에 대한 실망이 컸다.

특히나 알프레도 6세가 즉위하기 전까지 왕가는 그래도 스페인 국민에게 나름 자랑거리였다.

하지만 계속 왕가에 좋지 않은 일이 생기면서 국민들은 염려와 걱정보다 의심의 눈초리를 가지게 되었다.

특히 알프레도 6세는 국왕으로는 어울리지 않는다는 말이 공공연히 떠돌 만큼 인기가 없었다.

그런데 알프레도 6세가 국왕이 되었다.

거기다 알프레도 6세가 국왕이 되고 난 후 스페인 경제가 휘청거리기 시작하더니 국제적으로 위험하다는 경고까지 받게 되었다.

그러자 당연히 국민들은 이 모든 것이 알프레도 6세가 제대로 하지 못해서 생긴 일이라고 생각하면서 민심이 급격하게 나빠지기 시작했다.

물론 알프레도 6세의 성격상 무시하려 해지만 그것도 어느 정도였다.

이제는 그도 더 이상 무시하기 힘들 만큼 상황이 나빠진 것이다.

그도 뭔가 해결책을 찾기 시작했는데, 그중에 하나가 바로 알리시아 공주를 두바이 왕가에 시집보내는 것이었다.

그것을 통해 아직은 여유가 있는 두바이의 자본력을 스페인으로 끌어들이려고 했다.

물론 재중이 나타나지 않았다면 그의 계획대로 될 수 있었을 것이다.

하지만 재중이 신승주의 후견인이 되면서 일이 모두 틀어졌다.

그러자 알프레도 6세는 재빠르게 두바이 왕가보다는 재중을 스페인으로 끌어들이는 것으로 바꿨다.

'뱀 같은 놈이군.'

재중이 알프레도 6세를 보고 내린 판단은 너무나도 간단했다.

그런데 이런 대접을 받으면서도 재중은 여전히 가만히 있었다.

그의 성격상 평소대로라면 당장 왕실 경호원들을 제압하고 알프레도 6세 또한 처리했을 텐데 여전히 그의 눈만 쳐다보고 있는 재중이다.

─마스터, 이상한데요? 어째서 알프레도 6세의 몸에서 마기가 느껴지지 않는 거죠?

그랬다.

재중이 지금까지 조용히 지켜보고 있는 것은 바로 그의 몸에서 마기의 흔적을 느낄 수가 없기 때문이었다.

쟁롯을 이용한다는 알리시아 공주의 말이 맞다면 알프레도가 응접실에 들어오자마자 재중의 코를 자극하는 마기의 향기가 느껴져야 했다.

그런데 전혀 느껴지지 않는 것이다.

더욱이 궁전에 들어왔을 때는 강한 마기를 느꼈다.

즉 이곳에 쟁롯이 있기는 했다.

마족이 없는데 이 정도로 강한 마기가 느껴지는 경우는 있을 수 없었다.

그런데 가장 핵심으로 생각한 알프레도 6세에게서 마기를 전혀 느낄 수가 없다는 것은 누가 봐도 이상했다.

'마족과 계약만 하면 마기를 뿜어내지 않을 수도 있지 않을까?'

재중은 마족에 빙의된 것이 아니라 계약만 해서 조건적으로 힘을 빌렸을지도 모른다는 생각에 테라에게 물었다.

하지만 테라의 대답은 단호했다.

―불가능해요. 계약의 증거로 계약자의 몸에 마기를 심어야만 마족도 힘을 발휘할 수 있거든요.

'그럼 알프레도 6세는 쟁롯의 노예가 아니라는 뜻인가?'

재중이 나직하게 머릿속으로 물어보자,

―그게 이상하지만 지금 상황만 보면 알프레도 6세는 마족과 관련이 없다고 해야 할 것 같아요.

'쩝. 헛걸음한 건가?'

재중은 알프레도 6세의 쟁롯을 처리해 달라는 부탁으로 이곳에 왔다.

그런데 막상 와보니 알프레도 6세는 깨끗했다.

즉 이곳에 재중이 온 의미가 없어진 것이다.

물론 지금 이 상황이 의미 없는 것은 재중뿐이다.

"어떤가? 자네가 원한다면 스페인의 편리한 자리 하나 정도는 마련해 줄 수 있네."

왕가의 힘이 예전처럼 무소불위의 권력은 아니라도 현대에도 왕가의 힘은 무시할 수 없었다.

특히나 공무원 쪽에서는 여전히 엄청난 힘을 발휘하고 있었다.

공무원 자리 하나 정도 마련하는 것은 사실 그리 어려운 일이 아니었다.

거기다 재중의 빅 핸드라는 이름값도 있기에 조금 무리하면 경제를 담당하는 쪽에 재중을 앉힐 수도 있었다.

재중이 이룬 월가의 업적이 엄청났기에 오히려 스페인 쪽에서 쌍수를 들고 반길 것이다.

동시에 알프레도 6세의 입지가 더욱 단단해지는 것은 말할 것도 없다.

즉 그는 이미 재중을 자신의 입지를 다지는 데 이용하려고 계획을 세웠다.

그리고 계획을 세운 순간부터 재중은 좋든 싫든 스페인으로 와야만 한다는 것이 그의 생각이었다.

"제가 왜 그래야 하는지 잘 모르겠군요."

"후후훗, 젊은 혈기라 이건가? 후후훗."

재중이 계속해서 싫다고 했으나 이미 이 정도의 상황은

예상한 듯했다.

알프레도 6세가 슬쩍 재중 옆에 서 있는 경호원들에게 눈짓한다.

덥석!

그러자 갑자기 양쪽에서 경호원들이 재중의 어깨를 강하게 움켜쥐더니 누르기 시작한다.

"이곳이 어딘지 모르는 건가?"

재중이 제압되었다는 것을 확인한 알프레도 6세는 의기양양한 미소를 띠며 물었다.

"알현실은 아니군요."

재중은 이미 알프레도 6세가 마족에 빙의됐거나 마족과 계약한 인간이 아니라는 것을 알았기에 기다리며 최대한 받아주기로 했다.

어차피 마음먹기에 따라 얼마든지 이 정도는 뒤집을 수 있으니 말이다.

강자의 여유였다.

'…….'

그리고 그런 재중의 표정과 모습에서 알프레도 6세가 위화감을 느끼지 못할 리 없었다.

이미 응접실에 들어와 재중을 마주한 순간부터 보이지 않는 무언가가 자신을 내려다보는 느낌을 받고 있었다.

다만 그걸 억지로 인정하지 않았을 뿐이다.

거기다 지금 양쪽에 재중의 어깨를 붙잡고 있는 이들이 누구인가?

바로 스페인의 특수부대로 유명한 EZAPAC였다.

스페인 공군에서 소수의 특별 임무를 위해서 만들어진 엘리트 중의 엘리트들이 바로 그들이다.

일당백이라는 말이 절로 나올 만큼 출중한 요원들이다.

그리고 그런 EZAPAC 대원 중에서도 소수만이 스페인 왕가의 경호원으로 선발될 수 있었다.

즉 이들은 맨손이지만 걸어 다니는 살상 무기나 마찬가지였다.

보기에는 그저 요원들이 재중의 어깨를 지그시 누르고 있는 것 같지만 저 동작 하나만으로도 재중은 완전히 묶인 셈이다.

이해하기 쉽도록 말하자면, 앉아 있는 사람에게 이마에 손가락을 대고 밀고 있으면 못 일어나는 경우를 봤을 것이다.

원리는 그것과 비슷했다.

하지만 어깨를 양쪽에서 누른 것은 움직임을 봉쇄하는 것 외에도 여러 가지 의미가 있었다.

Chapter 08
똑같은 힘의 논리

재중귀환록

요원들은 어깨를 누름으로써 재중이 어떤 움직임을 보이더라도 빠르게 대처할 수 있는 통로를 만든 것이다.

　가령 지금 상태에서 재중이 손가락만 까닥해도 재중의 어깨를 누른 왕실 경호원들은 느낄 수 있다.

　아주 미세한 변화지만 훈련을 하면 어깨를 지나는 근육의 작은 움직임을 느끼는 것이 가능했다.

　거기다 보통 사람은 어깨가 눌리면 정신적으로 커다란 압박을 받는다.

　동네 깡패들이나 건달들이 돈 뺏을 때 어깨에 손을 걸치

거나 누르면서 협박하는 것을 본 적 있을 것이다.

혼하게 본 것이라 그러려니 할지 모르지만 그것은 모두 이유가 있는 것이다.

어깨를 눌렀을 때 상대가 고분고분하게 말을 잘 듣고 순종적이라는 것을 경험으로 알고 있기에 어깨를 누르는 것이다.

혼한 깡패들마저도 경험으로 알고 있는데 하물며 전문적으로 살인기계로 훈련받은 EZAPAC 요원들이다.

그들의 제압이 더욱 체계적이고 확실하면서도 간단한 방법으로 발전하는 것은 당연했다.

남들이 보기에는 별것 아닌 것처럼 보이는 행동에도 훈련의 경험이 녹아 있는 것이다.

"여기는 내 개인 응접실이지. 그리고 자네, 들어오면서 혹시 누군가를 만난 적이 있나?"

알프레도 6세의 말에 재중은 잠시 생각해 보았다.

확실히 건물 입구에서는 공항검색대를 방불케 하는 점검을 받았지만 건물 안에 들어서고부터는 길 안내를 하는 사람 외에는 그 누구도 만난 적이 없다.

거기다 재중의 감각에 걸려드는 사람의 기척도 없었다.

최소 반경 10미터 내에는 재중과 길 안내하는 사람 외에는 없었다는 뜻이나 마찬가지였다.

"그러고 보니 없군요."

재중이 나직하게 대답하자,

씨익~

알프레도 6세의 입가의 미소가 더욱 진하게 그려지기 시작했다.

그의 얼굴이 흡사 악마를 닮아가는 듯하다.

그는 미소를 유지한 상태로 입을 열었다.

"이곳은 응접실로 불리지만 사실 방음 시설이 완벽한 곳이지. 도청도 불가능하지만 무엇보다 밖에서는 안을 볼 수 없는 창문으로 되어 있지."

한마디로 이곳은 완벽한 밀실이라는 뜻이다.

그리고 이곳에서 재중은 혼자이다.

하지만 알프레도 6세는 곧 얼굴이 찡그려졌다.

"간이 큰 녀석이군."

돈 좀 만지는 머리만 굴릴 줄 아는 녀석으로 생각했다.

아니, 사람과의 왕래가 적고 베일에 싸여 있으며 사람을 피하는 성격의 소유자라고 판단 내렸다.

그런데 막상 재중을 마주한 알프레도 6세는 그 모든 평가가 거짓이라는 것을 알 수 있었다.

이곳은 밀실이며 양쪽 어깨를 잡혀 있는 상태인데 여전히 재중의 표정은 평온하기 그지없다.

마치 자신의 집 거실에 앉아 있는 듯한 모습이다.

하지만 알프레도 6세는 이대로 재중과 입씨름이나 하고 있을 상황이 아니었다.

아무리 현재 왕권이 약화되었다고 해도 왕은 왕이다.

즉 지금 재중을 만나는 것도 그로서는 억지로 스케줄을 조종해 시간을 낸 것었다.

시간에 쫓기는 것은 재중이 아니라 바로 알프레도 6세 본인이었다.

물론 지금의 상황을 보면 재중이 급해 보이지만 실상은 조금 달랐다.

바스락.

그때 알프레도 6세가 옆에 있는 경호원으로부터 서류를 넘겨받아 재중 앞에 내밀었다.

"시민권?"

알프레도 6세가 재중에게 내민 것은 바로 두 장의 시민권을 사인 즉시 발효시켜 스페인 국민으로 만들어준다는 서류였다.

물론 재중이 이민을 온다는 것으로 서류를 꾸몄으니 재중이 사인만 하면 그 순간부터 재중은 대한민국 사람이 아니라 스페인 국민이 되는 것이다.

보통 이민을 가면 갖게 되는 영주권과 시민권은 완전히

달랐다.

영주권은 영주거주권이라고도 한다.

영주권(永住權)은 외국인이 그 나라의 국적을 소지하지 않고도 영주할 수 있는 권리를 말하는 것으로 영구거주권(永久居住權)이라고도 한다.

영주권을 가진 사람을 영주권자라고 부르는데, 말 그대로 그 국가에 거주하는 것을 허락받았을 뿐이다.

즉 그 나라의 시민으로서 국가로부터 보호나 혜택을 제한적으로 받는다는 뜻이다.

특히나 영주권자는 상황에 따라 얼마든지 추방될 수 있기에 영주권자들이 가장 원하는 것이 바로 시민권이다.

국민으로서 받아들인다는 증거이니 말이다.

즉 시민권을 가지게 되면 그 나라의 사람이 되는 것이다.

다만 보통 외국에서 넘어와 영주권을 얻고 시민권을 얻기까지 평균 10~15년 정도 걸린다.

즉 그 나라에 충분히 적응하면서 살아가도록 기간을 준다는 면도 있지만, 새로운 나라의 시민이 될 준비를 하는 기간이 그만큼 걸린다는 뜻이다.

하지만 지금 재중의 앞에 있는 서류는 그게 아니었다.

알프레도 6세의 권한으로 재중이 사인하는 순간 재중은 스페인 시민권을 얻는 것이다.

거기다 나머지 한 장은 바로 연아 것이었다.

재중이 끔찍이 연아를 아낀다는 것은 이미 알프레도 6세의 정보망에 걸려들어 있기에 미리 준비한 것이다.

거기다 연아는 미국 시민권을 가지고 있기에 오히려 알프레도 6세에게는 재중보다 더 쉬운 편이었다.

만약 스페인으로 이민을 생각하고 있는 상태라면 알프레도 6세가 내민 서류는 하늘이 내린 선물이나 마찬가지였다.

하지만 재중은 한국을 떠날 생각이 전혀 없었다.

그리고 이건 알프레도 6세가 얼마나 재중을 우습게 봤는지 그대로 보여주는 행동이기도 했다.

보기에는 사인 즉시 시민권을 보유하는 것은 달콤한 꿀이다.

그렇지만 조금만 생각해 보면 이건 달콤한 꿀이 아니라 치명적인 독이다.

대한민국은 이중 국적을 허용하지 않는 나라이다.

즉 스페인 시민권을 갖는 순간 자동으로 대한민국의 국적이 사라지는 것이다.

그리고 재중은 한국 사람이면서도 외국인이 되는 웃지 못할 상황이 벌어지는 것이다.

연아야 원래 미국 국적이니 어느 정도 여유가 있지만, 재중은 사인하고 나면 빼도 박도 못한다.

그리고 그렇게 되면 스페인 정부의 힘을 움직여 재중의 모든 재산을 알프레도 6세가 소유할 가능성이 높았다.

재중에게 아무 죄나 죄를 뒤집어씌우면 되는 일이다.

아니, 굳이 그렇게 하지 않더라도 공무원으로 앉혀놓으면 재중은 죽을 때까지 알프레도 6세를 위한 돈 버는 기계로 전락한다.

"어떤가? 작은 나라를 벗어나 뜻을 펼칠 수 있는 큰 대륙으로 오는 것이 말이야."

마치 아무것도 모르는 어린애 다루듯 하는 알프레도 6세를 지켜본 재중은 다른 것은 몰라도 이것만은 확신했다.

'이놈은 왕의 그릇이 아니야. 그리고 지금 스페인은 이놈이 움직이고 있지 않다.'

확신했다.

이렇게까지 상황을 판단하지 못하는 눈을 가진 자가 왕이 된다는 것은 어불성설이었다.

특히나 재중이 월가에서 이룬 이름만으로도 이따위 어린애도 넘어가지 않을 하찮은 짓을 한다는 것은 있을 수가 없는 일이다.

재중은 알프레도 6세가 누군가의 명령을 따르고 있는 꼭두각시에 불과하다는 것을 확신했다.

씨익~

재중은 입가에 미소를 띠고는 잠시 생각하는 척 눈을 감았다.

"난 아량이 넓으니 생각할 시간을 주지."

재중이 자신이 내민 조건에 흔들리고 있다고 착각하고는 여유있게 기다려 주는 모습까지 보인다.

근데 재중은 알프레도 6세의 생각과는 달리 눈을 감자마자 테라를 불렀다.

'테라.'

—네, 마스터.

'이곳 어딘가에 진짜 적이 숨어 있을 것이다.'

—진짜 적이라면……?

테라는 재중의 말에 고개를 갸웃거렸다.

이미 재중의 명령이 없었지만 테라 스스로 마법을 동원해서 이 응접실을 모두 살펴보았다.

이곳에는 지금 있는 인원이 전부였다.

즉 살아 있는 생명체라고 부를 수 있는 것은 없었던 것이다.

물론 마기도 마찬가지다.

'꼭 옆에서 봐야만 보는 것이 아니지.'

재중이 나직하게 한마디 하자,

—아! 몰래카메라!

테라는 그제야 왜 자신의 감각에 아무것도 걸리지 않았는지 깨달았다.

이곳은 지구였다.

즉 과학이 발달된 곳이다.

그런데 마법에 의존하는 성격이 강한 테라는 상대가 마족이라는 생각에 당연히 마법으로만 탐지했다.

하지만 상대가 이곳에 있지 않고 몰래카메라를 통해 테라의 탐지 영역 밖에서 듣고 보고 있다면 이야기는 완전 달라질 수밖에 없다.

거리는 애당초 의미가 없었다.

─후후훗, 그럼 오히려 더욱 편한 방법이 있어요, 마스터.

테라는 깨닫자마자 움직이려는지 탁자 밑 재중의 그림자가 저절로 꿈틀거리며 조그마한 그림자 조각이 떨어지더니 사라져 버렸다.

─여기면 확실하겠지.

재중의 그림자에서 벗어난 테라는 왕국의 가장 높은 곳에 올라 아공간에서 묵직한 크기의 메탈 케이스를 꺼냈다.

딸각!

그러고는 케이스를 허공에 띄운 채로 열어 특이하게 생긴 공 모양의 기계를 꺼냈다.

─이렇게 반대로 하면.

메탈 케이스에서 꺼낸 공 모양의 기계를 서슴없이 뒤집은 테라는 위의 작은 버튼을 눌렀다.

촤라라락!!

그러자 기계가 갑자기 살아 있는 듯 반으로 쪼개지더니 마치 날개를 펼치듯 넓은 창이 생겼다.

그런데 그 모양이 왠지 위성 안테나와 비슷했다.

삐~

─역시…….

테라는 기계를 작동시킨 지 불과 몇 후 바로 붉은 신호가 잡히는 것을 보고는 입가에 미소를 띠었다.

재중의 예상대로였다.

역시나 알프레도 6세는 꼭두각시나 마찬가지였다.

그 증거로 지금 재중이 있는 응접실에서 아주 강한 신호가 계속 안정적으로 흘러나와 어딘가로 가고 있었다.

지금 테라가 사용한 이 기계는 빅 핸드의 이름으로 실리콘 밸리에서 투자한 기업 중 한곳에 테라가 개인적으로 의뢰해서 만든 제품이었다.

바로 마법으로 찾지 못하는 무선 신호나 전기 신호 등을 잡아서 역추적하는 장치인 것이다.

이 기계를 만드는 데만 무려 수십억 원이 들었다.

하지만 테라는 전혀 아까워하지 않고 투자한 장치다.

그렇게 혹시나 하는 생각에 만들어놓고 그동안 쓸 기회가 없었는데 이제야 그 빛을 발하는 것이다.

ㅡ거리 20㎞, 방향은 왼쪽이군.

일정하게 강한 신호가 오랫동안 움직이다 보니 신호추적기가 위치와 거리를 계산해 내는 것이 오히려 쉬웠는지 결과가 빠르게 나왔다.

ㅡ끝.

결과가 나오자 볼일 다 봤다는 듯 테라는 신호 추적 장치를 거둬들여 메탈 케이스에 담아 아공간에 넣었다.

스르륵~

그러고는 녹아내리듯 사라졌다.

애초에 테라가 이곳에 올라온 이유는 신호를 추적하기 위해서였다.

ㅡ마스터의 예상이 정확했어요.

테라는 다시 재중의 그림자 속으로 들어와 신호와 위치 추적에 대한 이야기를 했다.

씨익~

재중은 테라의 말을 듣고는 천천히 일어섰다.

"헛!"

"……!!"

당연히 재중의 어깨를 누르고 있던 왕실 경호원들이 당황해 재중을 다시 앉히려고 힘을 썼다.

하지만 그런 것이 무색할 만큼 재중은 너무나 자연스럽게 일어섰다.

마치 옆에서 보면 왕실 경호원들이 재중의 어깨를 잡아 일으켜 세우는 것처럼 보였을 정도로 말이다.

당연히 알프레도 6세의 눈에도 그렇게 보였다.

"우선 생각할 시간을 주셨으면 합니다."

"응? 생각할 시간을 달라?"

재중은 더 이상 알프레도 6세와 얼굴을 마주하고 있을 이유가 없기에 곧바로 일어선 것이다.

하지만 재중의 옆에 있던 왕실 경호원들은 자신들이 힘에서 밀렸다는 생각에 즉각 재중을 다시 앉히려고 팔을 잡았다.

"잠깐!"

그런데 알프레도 6세가 그런 경호원들을 막아 세웠다.

"생각할 시간이 필요하겠지. 아무래도 큰 문제니까 말이야."

마치 재중의 마음을 이해한다는 듯 고개를 가볍게 끄덕이더니 자리에서 일어섰다.

"생각이 정해지면 공주에게 이야기하면 되네. 스페인에

머무는 동안은 얼마든지 생각할 시간이 있네."

"알겠습니다, 폐하."

재중이 알프레도 6세의 말에 고개를 숙이면서 정중하게 인사했다.

하나 고개를 숙인 재중의 입가에는 미소가 그려져 있다.

마지막에 그가 한 스페인에 머무는 동안은 얼마든지 생각할 시간이 있다는 말이 무슨 의미인지 금방 알아차린 것이다.

보기에는 그냥 보내주는 것 같지만 지금부터 재중의 모든 것을 감시하겠다는 뜻이다.

그는 스페인에 있는 이상 자신의 눈을 벗어날 수 없다는 자신감을 드러냈다.

사실 알프레도 6세가 있는 스페인에서 그의 눈을 벗어난다는 것은 결코 쉬운 일이 아니다.

아무리 특수 훈련을 받은 사람이라도 인간인 이상 한계가 있다.

하지만 그건 재중에게는 해당 사항이 없는 이야기였다.

                    *   *   *

"그럼 즐거운 시간되시길."

알프레도 6세와 재중이 헤어지자 처음 재중을 안내한 사람이 나타나더니 재중을 데리고 밖으로 나왔다.

그는 재중을 차에 태우고 움직이기 시작했다.

어디로 가야 하는지 물어보지도 않았다.

잠시 후 차에서 내린 재중이 감각을 넓히자 왜 이곳으로 왔는지 바로 이해가 되었다.

연아와 캐롤라인, 그리고 천서영을 비롯해 알리시아 공주와 신승주의 기척이 생생하게 느껴진다.

"훗, 경고라 이건가?"

재중의 생각대로 경고였다.

어디를 가든 자신의 눈을 벗어날 수 없다는 무언의 경고였다.

—마스터.

"……?"

재중은 테라가 부르는 소리에 시선을 내렸다.

—이미 주변에 알프레도 6세가 보낸 사람이 깔려 있는데요? 지금 당장 바로 옆 과일 가게에 앉아 있는 사람부터 알프레도 6세가 보낸 사람이에요.

씨익~

재중은 알프레도 6세가 자신을 그렇게 순순히 보내줄 리가 없다는 것을 알고 있었다.

어차피 알프레도 6세와 같은 소인배는 생각하는 것도 뻔했다.

항상 자신의 눈에 보여야만 안심하는 성격, 그리고 자신의 생각을 믿지 못하고 누군가에게 의지해야만 자신감을 가지는 이런 성격은 이렇게 해주는 것이 오히려 재중에게는 안심이 되었다.

오히려 저들 때문에 연아와 일행이 다른 위험으로부터 안전할 수 있을 테니 말이다.

알프레도 6세는 재중과 일행을 감시하려는 생각에 요원들을 풀었지만 오히려 재중에게는 감사할 일이었다.

재중이 예상하지 못한 돌발 상황이 벌어질 확률이 급격하게 줄어들었으니 말이다.

알프레도 6세는 모르고 있지만, 오히려 재중의 일행을 보호하고 있는 것이나 마찬가지였다.

그것도 스페인 왕가를 보호하는 초 엘리트 실력을 가진 요원으로 말이다.

"그나저나 여기가 알리시아 공주의 집인가?"

오늘 하루 왕궁 출입이 막혔으니 알리시아 공주가 갈 곳은 역시나 단 한 곳뿐이다.

스페인 타국에서 왕족이 과연 가봐야 어딜 가겠는가? 자신의 집 아니면 호텔뿐이다.

그런데 확실히 레알 마드리드의 구단주다웠다.

이미 입구부터 화려한 저택이라는 것을 증명하고 있다.

"……?"

재중이 입구에 들어서자 저절로 문이 열렸다.

"오빠!!"

"쩝, 제법 걱정하고 있었나 보군."

재중은 문이 열리자마자 저쪽에서 재중을 향해 빠른 걸음으로 다가오고 있는 연아를 보고는 피식 웃었다.

꽤 먼 거리인데 벌써 반 이상 왔다는 것은 재중이 여기에 도착하자마자 집을 나섰다는 뜻이다.

"괜찮아?"

연아는 재중 혼자 왕궁을 갔기에 자리에 앉지도 못하고 안절부절못하며 서성이던 중이었다.

한창 걱정이던 연아는 재중을 보자마자 얼굴을 살피기 시작했다.

"별일 없어. 걱정하지 마."

재중은 연아의 머리를 쓰다듬더니 평소와 다를 바 없는 모습을 보여주었다.

"괜찮은 거지?"

연아는 재중의 평소와 다를 것 없는 표정과 모습에 그제야 안심을 하는 듯했다.

하지만 눈짓으로 계속 재중을 살피는 것을 보면 어지간 히도 걱정했다는 것을 느낄 수가 있었다.

사실 연아도 알리시아 공주가 이야기해 주지 않았다면 이렇게 재중을 걱정하지 않았을지도 모른다.

재중이 알리시아 공주의 약혼을 파기하는 데 직접적인 영향이 있다는 것과 그 때문에 왕실의 자존심이 크게 상했 다는 것을 듣기 전까지는 말이다.

한마디로 재중은 홀로 호랑이 굴로 들어간 셈이다.

연아에게 가족이라고는 이제 재중뿐이니 걱정하는 게 당 연했지만, 재중은 왠지 이렇게 누군가 걱정해 준다는 것이 아직까지는 조금 어색했다.

연아가 알게 되면 서운해 하겠지만 말이다.

그런데 저택 안으로 들어오자 알리시아 공주와 신승주까 지 궁금한 표정을 숨길 수가 없는지 재중만 쳐다보고 있는 게 아닌가.

그 모습에 재중은 피식 웃으면서 자신이 먼저 이야기를 꺼냈다.

"궁금한 것은 물어봐도 되니까 눈치 그만 보고 이리 와."

재중이 자리에 앉으면서 먼저 말을 꺼내자 기다렸다는 듯 모두가 재중 앞으로 모여들었다.

"무슨 말을 하던가요?"

"폐하께서는 뭘 원하시나요?"

"왜 재중 씨만 초대한 거예요?"

한꺼번에 질문이 쏟아지는 바람에 재중은 피식 웃고는 손을 들어 진정시키는 제스처를 취했다.

"아, 미안해요."

그제야 자신들이 재중에게 한꺼번에 물어봤다는 것을 깨달은 사람들은 몸을 뒤로 물렸다.

다시 알리시아 공주가 먼저 입을 열었다.

"폐하께서 재중 씨에게 어떤 조건을 걸었나요?"

알리시아 공주는 핏줄이니만큼 알프레도 6세의 성격을 어느 정도는 알고 있다.

그렇기에 대충 무언가 원하는 것이 있기에 불렀다는 것을 알고 질문한 것이다.

"시민권을 주더군요."

"시민권?"

천서영이 재중의 말에 고개를 갸웃거렸다.

재중이 시민권을 원하는 나라가 있다는 것을 처음 들은 것이다.

물론 시민권이라는 말에 캐롤라인도 고개를 갸웃거렸다.

재중이 뭐가 아쉬워서 시민권을 받느냐는 표정이다.

"알프레도 6세는 저에게 스페인 시민권을 바로 발급해

준다더군요. 연아도 같이."

"허."

"기가 막혀."

"……."

천서영과 캐롤라인은 기막히다는 듯 탄식을 내뱉었다.

하지만 알리시아 공주는 재중의 말에 표정이 굳어지기 시작했다.

벌떡!

그리곤 갑자기 일어서더니 재중을 향해 깊이 고개를 숙였다.

"죄송해요. 왕가의 일원으로 제가 대신 사과드릴게요."

알리시아 공주는 아무리 알프레도 6세가 자질이 없고 머리가 둔하다고 해도 설마 이 정도로 바보 같은 짓을 할 줄은 생각조차 하지 않았기에 충격을 받았다.

월가의 괴물인 재중에게 시민권이라니? 이 무슨 황당하고도 부끄러운 짓이란 말인가? 재중이 뭐가 아쉬워서 국적을 옮긴단 말인가?

알리시아 공주는 너무나도 부끄러워서 견딜 수가 없었다.

거기다 그냥 왕가의 사람도 아니고 현 스페인 국왕이다.

나라를 대표하는 얼굴인 국왕이라는 사람이 이런 망언을

한 것에 정말 당장 쥐구멍이라도 찾아서 들어가고 싶은 생각이 들었다.

"이 정도일 줄이야……."

알리시아 공주는 실망한 표정이 얼굴에 고스란히 드러난 것도 인식하지 못하는 듯했다.

그만큼 충격적이란 말이다.

"왕의 자질이 의심되긴 하더군요."

재중이 마치 쐐기를 박듯 정곡을 찔렀다.

"그건… 저도 인정합니다."

알리시아 공주는 입술을 깨물면서도 어쩔 수 없이 재중이 한 말을 인정할 수밖에 없었다.

만약 이 사실이 대외적으로 알려지게 된다면 나라 망신에 가까울 만큼 치욕적인 망언이었으니 말이다.

그런데 재중은 그런 것은 어차피 자신과 상관이 없기에 그냥 넘겼다.

대신 다른 중요한 일에 대해 알리시아 공주에게 말했다.

"그런데 알프레도 6세는 정상이더군요."

"네?"

재중의 말을 들은 알리시아 공주는 처음에는 이해하지 못하다가 뒤늦게 깨달았다.

"정상이라니… 그럼……?"

알리시아 공주는 알프레도 6세가 악마에게 씌거나 마술을 부린다고 생각했다.

재중도 그렇게 말했다.

거기다 진흙으로 만들어진 듯 사람이 녹아내려 사라지는 것까지 봤으니 알프레도 6세가 악마에 씌었다고 믿고 있었다.

그런데 재중이 직접 만나고 와서 하는 말이 정상이라고 한다.

알리시아 공주는 믿을 수 없다는 듯 재중을 쳐다봤다.

"그럼 어떻게 그런 일이 생길 수가 있죠?"

왕가의 비극이라고까지 불리는 알프레도 6세의 국왕 등극은 정말 심증은 100% 있지만 증거가 전혀 없는 사건이나 마찬가지였다.

한때 알프레도 6세가 누군가의 도움으로 왕이 되었다는 말이 공공연하게 퍼졌으니 말이다.

물론 알리시아 공주는 직접 알프레도 6세의 곁에서 쟁롯을 봤기에 더더욱 재중의 말을 믿지 못했다.

"확실히 정상입니다."

하지만 재중이 못을 박듯 선을 긋자, 알리시아 공주는 복잡한 생각이 그대로 표정으로 드러나 버렸다.

"그럼 도대체 누가 어떤 이유로……."

알프레도 6세가 아니라면 도대체 누가 무슨 목적으로 스페인 왕가를 이 지경까지 만든단 말인가?

도무지 사정을 모르겠다는 듯한 표정의 알리시아 공주가 중얼거리자,

"혹시 알프레도 6세 곁에 외지인이나 외부인은 없나요?"

재중이 나직하게 물었다.

"그건 저도 잘……. 전 계승권과도 멀어서 왕궁에 거의 살지 않았으니까요."

알리시아 공주가 지금까지 무사한 것은 사실 계승 서열이 먼 것도 있지만 그것보다 거의 왕실에서 살지 않았기 때문이기도 했다.

아무래도 계승 서열이 높을수록 왕궁 출입과 머무는 시간이 길어지는 것은 당연했다.

어느 정도 알고는 있지만 속속들이 알고 있을 만큼 친하지는 않은 게 알리시아 공주와 알프레도 6세의 관계였다.

그런데 재중의 말을 듣던 알리시아 공주가 무언가 떠오른 듯 눈동자가 반짝였다.

"어쩌면……."

"……?"

"사실 폐하는 어릴 때 러시아에서 유학을 한 적이 있어요. 제가 알기로 5년 정도 유학을 갔다 왔는데… 그때 누군

가와 같이 왔다는 말을 얼핏 들었어요."

재중은 러시아에서 누군가와 같이 왔다는 말에 직감적으로 무언가 느낌이 왔다.

그리고 재중이 그런 느낌을 받는 것과 동시에 테라의 목소리가 들렸다.

—마스터.

'결과는?'

—마법의 기운이 확실해요. 그런데 마기와 마나가 섞여 있는 것이 조금 특이해요.

'마법과 마나가 동시에?'

재중이 의문을 표하자 테라가 말했다.

—대륙에서는 가끔 보이는 현상이긴 한데 지구에서는 처음이라 확신은 없지만… 마나의 길을 걷는 마법사가 마족과 계약을 하면 마나와 마기를 동시에 품는 존재가 돼요, 마스터.

'……'

Chapter 09
숨어 있는 어둠

재중귀환록

재중은 테라의 말에 조용히 입을 다물었다.

결국 그 말은 마법사가 지구에 존재할 수도 있다는 증거를 발견한 셈이다.

─상대가 마법사라면 눈치챌 가능성이 높아서 우선 멀리서 살펴보긴 했지만, 높은 확률로 제 생각이 맞을 거예요, 마스터.

'마법사라⋯⋯.'

재중은 테라의 말에 곰곰이 생각해 봤지만 역시나 지금까지 그랬듯 해결책은 하나였다.

멀리서 적은 정보로 추측해 봐야 상상력만 더 붙어나 엉뚱한 결론이 나올 것이 뻔하다.

이럴 때는 직접 가보는 게 답이다.

특히나 상대가 마나와 마기를 동시에 품은 녀석이라면 섣불리 추측하는 것만큼 위험한 것이 없기도 했다.

마법사란 정말 어디로 튈지 모르는 럭비공보다 더한 존재였다.

특히나 4차원적인 사고방식 때문에 천재와 미친놈의 경계가 종이 한 장보다 더 얇은 존재가 바로 마법사가 아닌가?

뭐 좋게 말하자면 그런 거지만 말이다.

실제로 재중이 대륙에서 본 마법사란 존재는 베르벤을 제외한 대부분이 미친놈 소리를 들어도 전혀 이상하지 않을 사람들이었다.

거기다 미친놈이 머리까지 좋다면 이건 상당히 위험할 수도 있었다.

하지만 대륙은 그런 미친놈들에게 마법사라는 직업과 자부심을 심어주어 스스로가 적당한 선에서 통제할 수 있도록 하는 것이다.

하지만 지구는 그것마저도 불가능했으니 재중에게는 상당히 귀찮은 녀석이 나타난 셈이다.

─마스터, 처리하실 거예요?

사실 반 각성인 상태에서도 마법사란 존재는 재중에게 무의미했다.

왜냐하면 재중의 몸에는 모든 마법을 무효화시켜 버리는 오리하르콘이 나노 상태로 있으니 말이다.

테라가 재중을 드래곤보다 더욱 강한 존재로 판단하는 결정적인 이유가 바로 나노 오리하르콘이 재중의 몸속에서 완전히 동화를 이루었기 때문이기도 했다.

드래곤의 능력 중 마법이 차지하는 비율이 꽤 높았다.

하지만 오리하르콘은 신이 만든 금속, 즉 신의 힘이 깃들어 있는 금속이기에 신과 동급의 존재가 아닌 이상 의미가 없었다.

당연히 드래곤이 만들었다고 전해지는 마법도 거기에 포함된다.

하지만 마족이라면 조금 상황이 귀찮아질 수도 있었다.

마계는 완전 다른 차원의 공간이다.

즉 오리하르콘을 만든 신과 완전 다른 존재가 만든 곳이기에 오리하르콘이 얼마나 마기에 저항력을 갖는지는 아직까지 확실하지 않았다.

그저 마기에 상극으로 알려진 마나를 압도적인 양으로 찍어 누르는 것이 대부분이었다.

즉 힘으로 마기를 꼼짝도 못하게 만드는 셈이다.

물론 마계가 아닌 이상 마기가 마나보다 양으로 이기는 상황이 벌어지긴 힘들다는 절대적인 조건이 있기에 가능한 일이었다.

예전부터 마법이 발달한 대륙에서는 전통적으로 마기가 모습을 드러낼 때마다 물량 작전으로 처리했다.

사실 그 외에는 딱히 별다른 대책이 없기도 했다.

그런데 문득 마기를 떠올리던 재중은 엉뚱한 인물이 머릿속에 떠올랐다.

'그녀라면……'

―네?

뜬금없이 그녀라는 말에 테라가 되물어보았다.

'크레이언 올드 세이라. 그녀도 드래곤이라면 왜 움직이지 않았지?'

드래곤은 중간계의 조율자다.

즉 마계의 존재나 마기를 가진 존재가 모습을 보이면 어느 정도 개입해서 조율하는 것이 당연했다.

실제로 대륙에서는 인간들의 싸움이나 대륙 자체의 자연적인 현상에서는 일체 드래곤이 개입하지 않았다.

하지만 마계의 존재나 이질적인 존재가 모습을 드러내 대륙을 흔들 경우 여지없이 개입했다.

왜냐하면 드래곤의 존재 이유가 바로 조율에 있었으니 말이다.

그런데 재중의 말을 들은 테라는 의외로 고개를 저었다.

─그건 마스터의 생각이 틀리셨어요.

'어째서?'

─드래곤이 조율을 담당하는 존재로서 신의 힘으로 태어난 것은 맞아요. 그건 제가 드래곤의 마도서이기에 누구보다 잘 알고 있구요. 하지만 지구에서는 드래곤에게 그럴 의무가 없다는 게 문제예요, 마스터.

'차원이 다른 곳이다 이건가?'

엄연히 지구는 대륙과 비슷하게 인간이 살고 있고 적은 양이지만 마나가 존재하긴 하다.

하지만 결정적으로 차원을 넘었다는 특이점이 있었다.

그리고 그 차원을 넘었다는 것 때문에 크레이언 올드 세이라에는 지구에 살아가고 있지만 그 어떤 것에도 개입해야 한다는 의무가 사라져 버린 것이다.

한마디로 대륙에서는 재중이 이방인이라면 지구에서는 크레이언 올드 세이라라는 드래곤이 이방인인 셈이다.

차원을 넘어온 이방인에게는 당연히 그 어떤 책임도 주어지지 않았다.

그건 재중이 이미 대륙에서 경험했기에 누구보다 잘 알

고 있었다.

—네, 드래곤이 신의 힘으로 태어날 때 받은 명령은 대륙의 균형을 유지하라는 것이었어요. 그런데 지구는 아예 다른 차원, 즉 드래곤을 만든 신과 다른 신이 만든 곳이니 그럴 이유가 없죠.

'일리 있는 말이긴 하네.'

재중도 사실 자신의 이득과 목적 때문에 대륙에서 움직였지 누군가 시켜서 한 것은 아니었다.

하지만 테라의 말을 가만히 듣던 재중은 또 다른 가능성이 순간 머릿속을 스치고 지나갔다.

'그런데 어쩌면 크레이언 올드 세이라 그녀가 삼합회부터 시작해 지구에 마법을 퍼뜨린 장본인이 아닐까?'

지구에서 재중을 제외하고는 마법에 관해서 해박한 지식을 가진 존재라면 같은 드래곤인 크레이언 올드 세이라가 유일하다.

당연히 재중으로서는 떠올릴 수밖에 없는 의문이었다.

하지만 재중의 그 말을 들은 테라는 잠시 생각하더니 고개를 저었다.

—가능성이 0%인 건 아니지만 사실 거의 0%에 가깝게 아닐 거예요, 마스터.

'어째서?'

─물론 드래곤이 호기심이 많고 자신의 즐거움을 위해서 유희를 하는 등 여러 가지 황당한 짓을 하지만 그래도 마법에 관해서는 그 어떤 종족보다 엄격하거든요.

'그래?'

재중은 사실 드래곤을 직접 마주한 것이 크레이언 올드세이라가 유일했다.

그래서 드래곤이 어떤 성격인지, 어떤 습성을 가졌는지 잘 알지 못했다.

기본적으로 만난 적이 있어야 성격이든 뭐든 알 수 있을 테니 말이다.

인간이면서도 드래곤이 된 재중이지만 사실 드래곤에 관해서는 아무것도 모르고 있었다.

테라가 있는 게 그나마 천만다행일 정도였다.

─마법을 처음 만든 건 드래곤이에요. 마법사들 사이에서도 드래곤이 마법의 시조라고 공공연히 떠들고 있거든요. 하지만 인간들은 모르지만 드래곤들은 마법을 인간에게 전수한 것을 최대의 후회로 남기고 있어요.

'어째서?'

사실 마법이 드래곤에게서 시작되었다는 것은 누구나 아는 정설이다.

대륙을 살아가는 사람이라면 누구나 마법을 드래곤이 만

들었다고 알고 있을 정도이다.

하지만 드래곤이 인간에게 마법을 전해준 것을 최대의 후회로 생각하고 있다는 말은 재중도 처음 들어보는 것이다.

그래서 재중은 되묻지 않을 수 없었다.

—인간의 발전 속도를 너무 우습게 생각한 잘못이긴 하지만, 결과적으로 인간은 짧은 시간에 드래곤의 마법을 대부분 흉내 내서 만들었거든요. 그게 그냥 보기 싫은 거예요.

그냥 보기 싫어한다는 말에 재중은 피식 웃었다.

듣기에는 도무지 이해가 가지 않는 말이지만, 재중도 드래곤이 되었기에 어렴풋이 공감이 갔다.

그저 발톱의 때만큼이나 하찮게 여기던 인간들이 마법을 발전시키더니 위력을 떠나 드래곤의 마법을 흉내 낸다는 것이 기분 나쁜 것이다.

지독하게도 이기적이고 자기중심적인 성격을 가지고 있는 드래곤이기에 가능한 불만이긴 하다.

하지만 확실히 그렇게 이해를 하면 최대의 후회로 남는다는 테라의 말이 이해가 가는 재중이다.

우선 재중 스스로도 지구에 마법의 존재를 남기지 않기 위해 어느 정도는 절제하고 있으니 말이다.

'자존심에 상처를 입었다는 거군.'

─네, 마스터의 말이 정확해요. 마법을 가르쳐도 절대로 깨닫지 못할 것이라고 생각한 인간들이 스스로 서클을 만들더니 개중에 몇몇은 드래곤도 인정할 만큼 강한 마법사가 태어나기도 했기에 상처가 꽤 심했죠.

'그럼 크레이언 올드 세이라는 아니겠군.'

재중은 미련없이 삼합회의 마법이 크레이언 올드 세이라로부터 나왔다는 가능성을 머릿속에서 지워 버렸다.

문맹률이 거의 95%에 달하는 대륙에서도 그런 마법사가 탄생했다.

그런데 지구는 어떤가?

통신과 정보가 넘쳐나는 곳이다.

거기다 어느 정도 국가마다 편차가 있긴 하지만 한국 같은 경우도 대부분의 사람이 읽고 쓰는 것에 큰 문제가 없을 만큼 문맹률이 극도로 낮다.

그런데 이런 곳에 마법이 퍼진다면 어떻게 될까?

아마 순식간에 마법이 발전해서 드래곤을 위협할 만큼 엄청난 대마법사가 탄생할 가능성이 굉장히 높을 수밖에 없는 환경이다.

드래곤인 크레이언 올드 세이라가 그걸 모를까? 천만에. 너무나 잘 알고 있을 것이다.

스스로 드래곤의 족보를 관리하는 위치에 있다고 한 그녀다. 다른 누구보다 더더욱 잘 알고 있을 것이다.

드래곤의 족보를 관리한다는 것은 드래곤의 역사를 대부분 알고 있다는 것이나 다름없다.

─가능성이 없다고 봐도 충분해요, 마스터.

'우선은 움직일 생각을 하자. 상대가 나의 존재를 모르고 있을 때 움직이는 것이 좋으니까.'

─네, 마스터.

재중이 테라와 대화를 시작하면서 감았던 눈을 뜨자,

"괜찮아요?"

천서영이 걱정스런 표정으로 쳐다보고 있었다.

재중이 눈을 감고 한참 동안 생각에 빠져 있었기에 그런 것이다.

물론 말도 안 되는 가능성이지만 지금 재중이 눈을 감고 심각하게 고민하고 있는 것이 어쩌면 스페인으로 국적을 옮기는 문제일지도 모른다는 생각이 잠깐이지만 천서영의 머리에 떠올랐었다.

그만큼 오랫동안 눈을 감고 있었으니 말이다.

"잠깐 생각할 게 있었을 뿐이야."

재중이 나직하게 대답했다.

아직 둘 다 연인이라고 보기에는 많이 어색한 사이로 보였다.

"그럼 그렇지."

천서영과 재중의 모습을 본 연아는 한숨을 내쉬더니 일어섰다.

역시나 자신의 예상대로 사귀는 사이라고는 하지만 사귀기 전과 전혀 다를 바가 없는 재중의 태도였다.

덥석.

연아는 재중의 손을 잡더니 테라스로 끌고 나갔다.

"오빠."

"응?"

재중은 여러 가지 일로 머리가 복잡한 상황인데 연아가 자신을 끌고 나오자 영문을 몰라 쳐다보았다.

"오빠, 서영이와 사귀는 거 맞아?"

"응."

마치 칼로 자르듯 단호함이 깃들어 있는 재중의 대답이었지만, 막상 그 대답을 들은 연아는 깊은 한숨을 내뱉었다.

"사귀는 사이가 너무 딱딱한 거 아니야?"

"왜?"

재중은 연아의 질문 자체를 이해 못하겠다는 듯 고개를 갸웃거렸다.

"여자란 말이야, 좀 보듬어주고, 안아주고, 편안하게 해주는 남자에게 끌리는 법이야. 그런 면에서 오빠는 고쳐야 할 부분이 너무 많아."

씨익~

재중은 연아의 잔소리에 대답 없이 그냥 웃기만 했다.

그런 재중의 웃는 얼굴에 연아는 눈을 살짝 내리깔면서 재중을 노려보았다.

도무지 다른 것은 다 멋진 오빠인데 이성에 관해서만큼은 고집불통이다.

"내 연애에 신경 쓰지 말고 너나 좋은 남자 찾아봐라."

오히려 재중이 연아에게 얼른 시집가라는 듯 말하자,

"내 연애는 내가 알아서 할 거야."

순간 반항심으로 발끈해서 한마디 했지만, 오히려 그게 연아에게는 실수였다.

"그럼 내 연애도 내가 알아서 할 거야. 됐지?"

"……"

씨익~

재중이 이겼다는 듯 미소를 보이자, 연아가 인상을 쓰고 툴툴거렸다.

"웃지 마. 지금 나 웃는 얼굴 볼 기분 아니야."

"후후훗, 나도 그렇단다, 동생아."

오히려 재중은 연아를 약 올리듯 머리에 손을 올려 마구 헝클어뜨리고는 그대로 들어가 버렸다.

"하아, 저 고집불통 오빠를 어떻게 해야 할까. 정말 난감하네."

들어가 버린 재중의 뒷모습을 보며 연아는 다짐했다.

"최소한 저런 성격의 남자는 피해야지. 암, 그렇고말고."

재중의 말에 발끈하면서 반항하긴 하지만, 연아도 여자인 이상 시집가고 싶은 생각이 있긴 한 것이다.

다만 여자가 시집을 가기 위해서는 필요한 돈이 적지 않다는 것이 그녀의 발목을 잡고 있었다.

그래서 어떻게든지 재중의 도움을 받지 않고 스스로 돈을 벌기 위해서 뒤로 미뤘을 뿐이다.

다른 건 몰라도 자신의 결혼만큼은 재중에게 부담을 주지 않고 자신의 힘으로 하고 싶은 것이다.

Chapter 10
왕의 오솔길

재중귀환록

"잠이 오지 않아요?"

적당히 어울려 준 것도 잠시. 모두가 잠들 시간이 되었다.

재중이 잠시 발코니에 나와 있자 뒤쪽에서 인기척과 함께 천서영이 모습을 드러냈다.

"뭐, 시차 때문일지도."

재중은 별것 아닌 것처럼 말하면서 웃어 보였지만, 천서영은 왠지 불안해하는 눈동자로 재중을 쳐다봤다.

"알리시아 공주의 말대로 우리가 재중 씨에게 부담이 되는 거죠?"

알리시아 공주가 말하길, 알프레도 6세는 대단히 욕심이 많아서 자신이 가지고 싶은 것은 어떤 협박과 수단을 쓰더라도 반드시 가져야 직성이 풀리는 사람이라고 했다.

그런데 하필 그가 노리는 것이 재중이라는 것을 알게 된 상황이다.

천서영의 입장에서는 편안하게 지낸다는 것이 조금 무리였다.

물론 잠을 못 잘 정도로 걱정하는 것은 아니지만 걱정이 되는 것은 어쩔 수가 없었다.

"후후훗, 부담이 된다면 벌써 한국으로 보냈을 겁니다."

재중은 괜찮다는 의미로 살짝 농담같이 말했지만 사실 농담이 아니기도 했다.

정말 재중에게 부담이 되었다면 까짓것 주변의 눈 정도는 무시하고 공간이동으로 한국으로 보냈을 것이다.

그만큼 재중은 공과 사를 확실하게 구분하는 성격이다.

"하긴……."

천서영은 재중의 말에 살짝 미소 지었다.

두바이에서 보여준 재중의 경악에 가까운 능력이 다시 떠올랐다.

어쩌면 재중이 그때 보여준 것은 빙산의 일각에 지나지 않을까 하는 생각마저 들었다.

지금까지 천서영은 재중이 여유를 잃는 모습을 본 적이 없다.

그리고 천 회장에게 듣기로 남자는 자신의 숨겨진 능력이 강하고 많을수록 여유를 잃지 않는다고 했기에 그런 생각이 드는 것이다.

실제로 돈에 여유가 있는 사람은 옷차림 같은 것에 그다지 신경 쓰지 않는다.

왜냐하면 의미가 없기 때문이다.

가진 것이 많은 자일수록 은연중에 여유가 몸에 배어 있는 것이다.

하지만 반대로 가진 것이 적은 사람에게 여유는 사치에 불과했다.

당장 필요한 것을 마련하는 것도 빠듯한데 그럴 정신이 어디 있겠는가?

여유란 가진 자가 부리는 최고의 사치인 셈이다.

하지만 재중의 경우 과연 무엇을 숨기고 있는지는 천서영으로서도 예측 자체가 불가능했다.

총으로 무장한 군인을 손가락을 까닥거리는 것만으로 죽여 버리는 무시무시한 무력.

이건 영화에서도 본 적이 없는 능력이다.

아무리 여자인 천서영이라도 어느 정도 상식은 있었다.

외국 유학을 하면서 보고 들은 것도 많았다.

하지만 세계적으로 알아주는 무술가나 격투가도 재중과 같은 능력 앞에서는 무용지물이라는 것을 알고 있다.

손가락 몇 번 까딱거리는 걸로 총을 든 군인도 몰살시키는데 격투가는 오기도 전에 죽을 것이 뻔했다.

"무섭나?"

재중은 천서영이 지금 그때를 생각하고 있다는 것을 알고 물었다.

의외로 재중의 물음에 고개를 끄덕인다.

"무서워요."

재중은 그런 천서영의 대답에 말없이 바라보았다.

"하지만 전 지금… 당신을 잃는 게 더 무서워요."

왠지 대패로 밀어야 할 만큼 닭살이 돋는 대사였지만, 이곳은 재중과 천서영 단둘뿐이기에 오히려 분위기는 부드럽기만 했다.

스윽스윽.

돌연 재중이 천서영의 머리에 손을 얹더니 쓰다듬기 시작했다.

마치 연아에게 해주는 것처럼 말이다.

"이 세상에 나를 위협할 수 있는 존재는 없어. 그것이 설사 지구 전체라 해도 말이야."

"후훗, 후후후후, 알았어요."

천서영은 재중의 말에 웃으면서 농담으로 받아들였다.

지구 전체를 상대로 서슴없이 자신이 더 강하다고 하는 재중의 말을 천서영이 믿는다는 것은 사실 억지이다.

하지만 천서영은 그런 재중의 자신감이 마음에 들었다.

최소한 자신이 사랑하는 남자라면 어떤 경우에라도 자신을 지켜줄 수 있는 남자여야 했다.

물론 세상 모든 여자가 남자에게 공통적으로 바라는 것이기도 했다.

어떻게든 먹여 살려줄 남자, 사랑해 줄 남자, 곁에 있어 줄 남자를 찾는 것은 여자의 본성이다.

"그런데 이 시간에 어디 가요?"

천서영은 재중이 편안한 옷차림이긴 했지만 조금 전 사람들과 헤어지기 전에 입고 있던 옷이 아니라 다른 옷을 입고 있는 것을 보고 물었다.

"잠깐 나갔다 오려고."

"네? 이 시간에 어디를요? 그보다 알리시아 공주님이 말했잖아요. 이미 이 저택은 알프레도 6세에게 감시당하고 있다고요."

실제로 알리시아 공주의 저택은 무려 20명이 넘는 왕실 경호원과 정보원들이 곳곳에서 눈을 부릅뜨고 감시하고 있는 중이다.

알리시아 공주도 바보가 아닌 이상 그 정도는 충분히 예상하고 있었다.

짐작대로 조사한 결과 역시 감시자들이 있었다.

그래서 혹시라도 오해를 살 움직임이 있을까 봐 잠들기 전에 모두에게 미리 말해주었다.

하지만 이런 상황에 마치 산책을 나가듯 나갔다 오겠다는 재중의 말에 천서영은 놀라 재중의 손을 잡았다.

아니, 잡을 수밖에 없었다.

이건 여자로서 본능적으로 한 행동이다.

스윽~

그런데 천서영이 재중의 손을 잡았다고 생각되는 순간, 이미 재중은 안으로 들어가고 있었다.

"······?"

순간 천서영은 자신의 손에 남아 있는 재중의 체온과 감촉에 고개를 갸웃거렸다.

분명히 손을 잡은 감촉이 지금도 남아 있다.

그런데 재중은 저 멀리 있다.

마치 연기처럼 천서영의 손을 벗어나 버린 것이다.

"거기 오래 있으면 감기 걸려."

재중이 나직하게 말하자,

"아, 알았어요."

뒤늦게 천서영은 안으로 들어섰다.

그런데 저택 안으로 들어선 천서영은 몇 발 걷다가 뭔가 이상한 것을 느꼈다.

"내 눈이 이렇게 좋았나?"

그러고 보니 모두들 잠들어 있는 상황이다.

당연히 이곳은 불이 꺼져 있다.

천서영은 재중이 홀로 잠들지 못하는 모습에 걱정되어서 조용히 따라 움직였기에 따로 불을 켜거나 하지는 않았다.

그렇게 불을 켜지 않은 새벽 시간이니 건물 안은 어두워야 했다.

"보름달이 떴나?"

거의 반사적으로 보름달이 떠서 안을 비추어 밝은가 싶은 생각에 창밖을 보라보았다.

의외로 초승달이 떠 있다.

달 중에서 가장 어두운 달이다.

"서영아."

흠칫!

천서영은 순간 나직하지만 처음으로 재중이 자신의 이름을 불렀다는 생각에 놀라서 고개를 돌렸다.

어둠이 가장 진한 곳, 그곳에 재중이 서 있다.

"금방 다녀올게."

마치 집 앞 슈퍼를 다녀오겠다는 듯 한마디만 남긴 채 재중의 몸이 어둠 속으로 사라져 버렸다.

"……!"

처음에는 지금 상황이 어떻게 된 것인지 이해를 하지 못하던 천서영은 몇 초 뒤 화들짝 놀랐다.

다다닥!!

이상하다는 것을 깨달은 순간 천서영은 빠르게 움직여 재중이 있던 곳으로 가보았지만 이미 재중은 그곳에 없었다.

"불을!"

어두워서 쉽사리 확인이 되지 않아 천서영은 황급히 전등 스위치를 찾아서 불을 켰다.

화악!

스위치 하나면 켜면 이곳의 모든 불이 켜지는 방식이기에 순식간에 밝아졌다.

방금 전까지 재중이 있던 곳을 돌아본 천서영은 황당함에 몸을 움직일 수가 없었다.

"막다른… 구석이잖아."

이 방에서 나가는 문은 오직 천서영의 등 뒤에 있는 문 하나였다.

거기다 창문도 천서영이 있는 옆이 유일했다.

즉 방금 재중이 사라진 곳은 사방이 벽인 곳, 그중에서도 완전 구석이었던 것이다.

"재중 씨?"

혹시나 하는 생각에 조용히 재중을 부르자,

'놀라지 말고 들어가 쉬어요.'

흠칫!

순간 천서영의 머릿속으로 재중의 음성이 들렸다.

이번에는 무서움에 천서영의 몸이 멈춰 버렸다.

'아마 많은 것을 보게 될 거야. 내 옆에 있다 보면. 이건 그저 시작에 불과해.'

마치 별일 아니라는 듯 가볍게 말하는 재중의 음성을 끝으로 더 이상 목소리는 들리지 않았다.

"역시 할아버지 말씀이 맞았어."

천 회장이 예전에 재중을 보고 끝을 알 수 없는 마력을 느꼈다고 했다.

사실 죽어가던 천서영을 살린 것만 봐도 더 이상 설명이 필요 없는 일이긴 했다.

하지만 지금 천서영이 직접 재중의 숨겨진 능력을 하나
씩 느낀 것을 표현하자면 천 회장이 말한 것 이상이다.

거기다 이제 시작이라고 했다.

마치 앞으로 자신의 숨겨진 모습을 하나씩 보여줄 테니
기대하라는 듯 말이다.

"…들어가서 자야지."

거의 10분가량 혼자 재중이 사라진 구석을 보면서 머릿
속이 복잡해 있던 천서영이다.

하지만 그녀는 결국 모든 것을 포기하고 자신의 방으로
걸음을 옮겼다.

그리고 상식적으로 재중을 판단하기에는 불가능하다는
결론을 내렸다.

예전의 천서영이라면 절대로 하지 않았을 생각과 행동이
었다.

하지만 한번 죽다 살아나서 그런지, 아니면 재중을 따라
다니면서 닮아가는 건지 왠지 재중과 비슷한 모습이 보이
기 시작하는 천서영이었다.

                    *   *   *

재중이 테라의 안내에 따라 공간이동을 하여 모습을 드

러낸 곳은 의외로 사람의 기척이라고는 찾아보기 힘든 계곡이었다.

"여긴?"

─일명 왕의 오솔길로 불리는 곳이에요, 마스터.

"왕의 오솔길?"

재중은 처음 들어보는 말에 고개를 갸웃거렸다.

그도 그럴 것이, 아는 사람이 그다지 많지 않은 곳이다.

특히나 폐쇄되어 사람의 흔적이 완전히 사라진 이곳을 재중이 모르는 것은 당연했다.

세계에서 가장 위험한 길.

스페인 남쪽 끝의 안달루시아 엘로코 협곡의 100년이나 된 곳이 바로 왕의 오솔길이다.

사실 이곳은 1905년 엘로코 협곡 폭포와 과달오르세 강 협곡 폭포를 연결한 수력발전소 건설 노동자들이 물자 수송과 이동을 위해 임시로 지은 길이었다.

그런데 이곳을 1921년 알폰소 13세가 댐 건설을 축하하기 위해 건너게 되었고, 그 후 왕의 오솔길이라는 이름으로 불리게 된 것이다.

그런데 어째서 세계에서 가장 위험한 길이라는 별명이 붙었느냐 하면 이유는 간단했다.

왕의 오솔길이라고 불린 이 길은 만들어진 후 80년 동안 보수가 거의 이뤄지지 않았기에 무너지고 녹이 슬고 낡을 대로 낡았다.

그런데 이 낡은 길이 모험과 스릴을 추구하는 사람들에게는 최고의 장소가 되어버린 것이다.

지금까지 집계된 사망자 숫자만 해도 20명이 넘었다.

그것은 세계에서 가장 위험한 길이라는 악명을 떨치게 되는 결정적인 이유가 되기도 했다.

특히나 일부 극단적으로 모험과 스릴을 추구하는 사람들은 일부러 절벽 위나 콘크리트 패널이 떨어져 나가 겨우 철골만 남아 있는 위험한 곳만 골라서 찾아다니기도 했다.

당연히 스페인 정부는 무단 침입 시 600유로(한화로 약 71만 원 정도)의 벌금을 부과했다.

하지만 그러거나 말거나 스릴과 모험을 위해서는 그 정도는 아무것도 아니라는 듯 사람들은 계속 들어갔다.

어차피 걸려도 벌금만 내면 다시 도전할 수 있었으니 말이다.

그러다 2000년에 네 사람이 왕의 오솔길에서 스릴과 모험을 즐기다가 영원히 저세상으로 가버리는 상황이 벌어졌다.

언론이 그 사건을 가지고 떠들기 시작하자 스페인 정부

는 아예 출입구를 폐쇄해 버렸다.

물론 당시 언론이 크게 떠들어서 그렇게 하긴 했지만, 사실 생각을 조금만 다르게 하면 엄청난 관광지가 될 수도 있는 곳이 바로 왕의 오솔길이기도 했다.

그래서 대대적으로 정비를 하고 수리를 해서 조만간 시험적으로 6개월 정도 개방하기로 계획이 되어 있었다.

"깔끔하니 괜찮은데?"

재중은 악명 높은 왕의 오솔길이라고는 생각되지 않을 만큼 깔끔하고 정비가 잘 되어 있는 모습에 말했다.

─성주간 축제인 '세마나 산타' 기간에 개방할 생각으로 정비는 대부분 끝나 있어요, 마스터.

"그럼 관광지가 된다는 말인데……."

예전이야 어찌 되었든 곧 관광지로서 개방을 앞두고 있다는 말에 재중의 시선이 차갑게 내려앉기 시작했다.

마기는 마족의 특성과 닮아 있기 때문인지 모르지만 죽음을 특히나 좋아하는 편이다.

아니, 정확하게 말하자면 죽는 순간 생명체의 몸에서 터져 나오는 강렬한 감정의 에너지를 좋아한다고 해야겠지만 결과적으로는 같은 말이다.

마기의 특성을 알고 있는 재중이 보기에도 그동안 수십 명의 생명이 사고로 죽어간 이곳 왕의 오솔길은 마기를 가진 자가 좋아하기에는 안성맞춤이었다.

특히나 최근 15년 동안 아예 폐쇄해 출입을 금지시켰다고 했다.

하지만 호기심이 많은 사람들은 당연히 들어왔을 것이다.

그리고 그렇게 폐쇄되고 난 뒤 들어온 사람들은 죽는다 해도 전혀 집계가 되지 않았을 것이다.

즉 공식적으로 알려진 사망자보다 2000년 이후 폐쇄되고 난 뒤 아무도 모르게 들어와 죽은 사람의 숫자가 더 많을 수도 있다는 뜻이다.

"최고의 장소군."

치안과 통신이 발달된 지구에서 사람이 죽어나가도 아무도 신경 쓰지 않는 곳은 그리 흔하지 않았다.

그 점을 생각하면 왕의 오솔길은 마기를 가진 존재가 숨어 있기에는 최적의 장소라고 확신했다.

특히나 일반적인 죽음이 아니라 죽음을 각오하고 올 정도로 모험과 스릴을 즐기는 사람들이 모여드는 곳이다.

죽는 순간 뿜어내는 감정의 에너지가 일반 사람들이 뿜어내는 것의 몇 배는 많을 것은 당연했다.

그저 앉아서 기다리고 있으면 호기심 많은 인간들이 제 발로 찾아와 죽어주니 이곳보다 좋은 곳은 찾기 힘들 것이다.

거기다 죽어도 그 누구도 신경 쓰지 않는 것은 조건 중에 최고였다.

탁!

재중이 허공에서 살짝 뛰어내려 이제는 완전히 정비가 끝난 왕의 오솔길에 내려섰다.

그리고 둘러보니 정비를 마쳐 이제 전처럼 사람이 죽어 나가거나 하는 건 힘들어 보였다.

하지만 본래 사고란 누구도 예측하지 못한 곳에서 일어나는 법이다.

오히려 개방되고 나서 수십 명에서 수백 명이 한꺼번에 죽을 수도 있는 일이다.

"놔두면 위험하겠어."

재중은 이런 곳에 마기를 가진 존재가 있다는 것은 위험하다는 결정을 내렸다.

동시에 상대를 적으로 간주했다.

─마스터, 바로 움직일까요?

"일직선으로 간다."

재중은 말을 함과 동시에 살짝 허리를 숙였다.

퉁!

마치 활에서 화살이 튕겨 나가듯 가볍게 공기가 울리는

소리가 들리더니 어느새 재중의 몸이 어둠 속으로 사라져 버렸다.

마치 어둠 속에 녹아들 듯 말이다.

불과 몇 초였다.

협곡과 협곡을 지나 폭포를 건너 재중이 목적한 곳에 도착하기까지 걸린 시간이 말이다.

그리고 움직임을 멈춘 재중의 눈앞에 보이는 것은 작은 동굴이다.

마치 칼로 깎은 듯 매끈한 절벽의 중간에 누군가 인위적으로 구멍을 뚫어놓은 듯 동굴이 만들어져 있다.

하지만 재중은 그 동굴 안에서 뿜어져 나오는 진득하면서도 사람의 기분을 더럽게 만드는 기운에 저절로 눈살을 찌푸렸다.

―마스터, 딱 여기까지가 저 녀석이 탐지하는 경계선이에요.

테라가 재중이 서 있는 곳에서 정확하게 한 발자국 앞을 가리키자,

스윽~

테라의 말을 들은 재중은 일부러 발을 들어 테라가 말한 알람 마법의 경계를 건드리는 것이 아닌가?

찌이잉!!

빨랐다.

재중의 발이 알람 마법의 경계를 건드리자마자 협곡의 마나가 심하게 흔들리는 것이 눈에 보일 만큼 강렬한 반응을 나타낸 것이다.

그리고 재중이 주시하던 동굴에서 붉은빛이 반짝였다.

쉐에에에엑!!

"반응이 빠른데?"

재중은 알람 마법을 건드리자마자 동굴에서 뛰쳐나오는 모습에 오히려 의외라는 표정을 지었다.

마법사라면 알람 마법이 울리면 먼저 탐지를 하고 준비를 하는 등 복잡한 단계를 거친다.

왜냐하면 마법사는 마법이 주 무기이기 때문이다.

그리고 마법은 마나를 이용해서 변형시켜야 하기에 필수적으로 시간이 필요했다.

재중은 그런 마법사의 성격과 행동을 잘 알기에 일부러 건드린 것이다.

얼마나 빠른 시간에 반응이 오는지를 살펴보기 위해서이다.

반응이 빠르면 빠를수록 고위마법사일 가능성이 높았기에 상대를 파악하기 위해 일부러 알람 마법을 건드린 셈이다.

쉐에에엑!!

하지만 너무나 빨랐다.

미리 마법을 메모라이즈 해두었다고 해도 이건 마법사라면 절대로 하지 않을 행동 중의 하나이다.

"패밀리어인가?"

마법사가 절대로 전면에 나서는 행동을 하지 않을 것이 뻔하다.

그러니 다음에 재중의 머릿속에 떠오른 생각은 패밀리어였다.

패밀리어는 마법사가 부리는 노예 비슷한 것으로, 패밀리어가 보고 듣는 것은 마법사도 보고 들을 수 있는 편리한 존재다.

하지만 단점이라면 패밀리어가 당할 경우 일시적으로 마법사도 충격을 받는다는 것이다.

쉐에에에엑!!

거의 600m 정도는 되어 보이는 허공을 가로질러 재중에게 일직선으로 날아온다.

그러다 보니 재중이 생각하는 잠깐 사이에 벌써 코앞까지 도달했다.

쾅!!

하지만 마치 총알처럼 날아오던 붉은 물체는 재중과 닿

기 불과 몇 센티미터를 앞에 두고 허공의 벽에 부딪쳤다.

그리고 큰 소리와 함께 오히려 날아오던 속도보다 빠르게 뒤로 튕겨 나가 버렸다.

─마스터, 박쥐예요.

이미 테라가 재중의 몸에 방어막을 펼쳐 놓은 상태였기에 재중은 한결 여유로웠다.

또 한편으로는 어떤 건지 궁금해서 일부러 가만있었던 것도 있다.

아무리 빠른 것이라도 부딪치는 순간 멈출 것이고, 그럼 그사이에 정체를 확인할 수 있을 것이다.

그리고 그런 생각은 정확했다.

방어막과 부딪치는 찰나의 순간 재중과 테라의 눈에 선명하게 보였다.

"붉은 박쥐는 처음 보네."

재중은 대륙에서도 본 적이 없는 온몸의 털이 붉은 박쥐의 모습에 호기심을 드러냈다.

하지만 재중이 그러거나 말거나 튕겨 나간 박쥐는 다시 재중을 향해 맹렬하게 날아와 또 부딪쳤다.

쾅!!

하지만 이번에는 첫 번째와 달리 테라가 방어막의 반발력을 최고로 올려놓았기에 훨씬 더 멀리 튕겨 날아갔다.

쐐에에엑!!

―마스터, 동굴에서 또 나와요.

한 마리 가지고는 어림도 없다는 것을 느꼈는지 이번에는 무려 네 마리의 붉은 박쥐가 화살같이 날아와 재중을 향했다.

투쾅!

하지만 결과는 변함이 없었다.

테라가 만들어놓은 방어막은 그저 막는 것만이 아니라 밖에서 공격해 들어오는 충격을 되돌려 주는 특수한 방어막이었다.

그것도 외부의 충격을 몇 배나 부풀려서 돌려주는 반탄 실드였다.

투쾅! 투쾅! 투쾅!

살아 있는 박쥐지만 재중을 공격하는 것을 보면 마치 날카로운 수리검이 계속해서 때리는 것 같은 착각이 들었다.

그만큼 박쥐들은 맹렬히 달려들었다.

하지만 아무리 그래도 역시나 살아 있는 생명체의 한계는 벗어날 수 없었다.

후두둑후두둑.

결국 반탄 실드의 충격에 붉은 박쥐는 피를 뿜으며 죽어

버렸다.

"보통 사람이라면 자신이 왜 죽는지도 모를 정도겠어……."

재중이 자신을 향해 공격하던 붉은 박쥐의 맹렬함을 보고 내린 결론이다.

반탄 실드가 흔들릴 정도라면 웬만한 자동차의 문짝도 뚫고 나갈 만큼 강력하다는 뜻이다.

그런데 그런 박쥐가 사람을 공격한다고 생각해 보라. 자신이 왜 죽는지도 모르고 죽는 것은 당연했다.

거기다 그 어떤 메스보다 날카롭기까지 했다.

덥석.

재중이 땅바닥에 죽어 있는 붉은 박쥐를 집어 들어 살펴보았다.

딱딱했지만 움직이는 데 전혀 문제가 없을 만큼 관절이 잘 발달되어 있는 특이한 박쥐였다.

그런데 그렇게 박쥐를 살펴보던 재중이 문득 고개를 옆으로 돌렸다.

"그만 나오지 그래?"

허공에 대고 작게 한마디 했는데 돌아오는 것은 공허한 어둠뿐이다.

"어둠 속에서 죽고 싶나?"

첫 번째 경고에 모습을 드러내지 않자 이번에는 살짝 살기를 피워 올린 재중이 나직하게 경고했다.

그러자 놀랍게도 재중과 같이 어둠 속에서 한 명의 남자가 걸어 나왔다.

Chapter 11
마법사

딱 봐도 외국인이다.

가슴 아래까지 내려온 풍성한 수염과 대충 다듬은 듯 보이는 장발, 그리고 세월의 깊이가 느껴지는 눈가의 주름까지 확실히 보통 사람은 아닌 듯했다.

그런데 그 남자를 본 재중은 오히려 입가에 미소를 지으면서 말했다.

"내가 누군지는 굳이 소개하지 않아도 알 텐데?"

재중은 상대가 누군지 잘 알기에 한마디 했다.

"크크크크큭, 잘 알고 있지, 선우재중. 크크크큭."

마치 가래가 끓는 듯한 탁한 목소리가 재중의 귓가를 때렸다.

아마 일반적인 사람이 이곳에 있었다면 목소리만으로도 온몸에 소름이 돋아서 굳어버릴 만큼 특이하면서도 신경을 거스르는 목소리다.

"나에게 그딴 건 통하지 않아."

재중은 방금 남자의 목소리에 기이한 마법이 섞여 있다는 것을 느꼈다.

아니, 정확하게 말하면 재중의 몸속에 있는 나노 오리하르콘이 반응했기에 알 수가 있었다.

물론 나노 오리하르콘이 반응했다는 말은 마법이 깨졌다는 뜻이기도 하다.

"크크큭, 설마 내 마법을 깨뜨리는 녀석이 있을 줄이야."

재중에게 목소리에 섞어서 보낸 마법이 아무런 효과가 없자 즉시 목소리가 바뀌었다.

물론 탁하면서 듣기 거북한 건 비슷했다.

"알프레도 6세를 조종한 게 너군."

재중은 방금 어설프게 자신을 공격한 마법이 아니라도 이미 남자의 몸에서 풍기는 검은 마기의 기운만으로도 충분히 알 수 있었다.

재중이 나직하게 말하자 남자가 대수롭지 않게 고개를

끄덕이며 인정했다.

"뭐, 그런 셈이지. 그 녀석이 나에게 부탁했으니까."

재중의 질문에 거짓은커녕 변명조차 하지 않는다.

마치 아직 보여주지 않은 것이 많이 있다는 자신감을 은연중에 표현하듯 말이다.

"그럼 알리시아 공주의 약혼도 네가 시켰나?"

재중은 녀석이 굳이 거짓을 말하지 않는 성격이라는 것을 알게 되자 궁금한 것을 물었다.

그러자 남자는 재중을 앞에 두고도 고개를 돌려 밤하늘을 한번 보았다가 대답하는 대담함을 보여주었다.

"어차피 그 녀석이 싫어해서 나름 괜찮은 자리를 마련해 줬는데 바보 같은 짓이야."

오히려 알리시아 공주를 생각해서 약혼을 주선했다는 식으로 말하는 남자의 모습에 재중은 피식 웃었다.

하지만 재중의 표정과 달리 몸의 감각은 긴장하고 있었다.

본능이 지금 재중을 마주한 녀석이 보통이 아니라고 계속 경고를 보내고 있었다.

"넌 누구지?"

"크크큭, 이제야 내가 누군지 궁금한가?"

남자는 한참이 지나서야 자신이 누군지 물어보는 재중의

질문에 가소롭다는 듯 웃더니 재중을 직시했다.

"내가 누굴까?"

마치 장난치는 듯 재중의 질문에 말한 남자는 즐거운 듯 웃기 시작했다.

그런데 그런 웃음을 본 재중은 돌연 주먹을 말아 쥐더니,

퉁!!

순식간에 허공에서 사라져 버렸다.

쾅!!

그리고 다시 모습을 드러낸 곳은 놀랍게도 남자의 정면이었다.

한데 조금 이상했다.

재중이 움직였다면 당연히 남자는 저 멀리 날아가 피떡이 되어 있어야 하는데 멀쩡했다.

재중과 남자 사이에 너무나 붉어서 어둠마저 물들일 만큼 짙은 붉은색의 철갑옷을 입고 있는 기사가 나타나 있었다.

그는 재중의 주먹을 막아선 상태이다.

"쳇."

재중도 붉은 갑옷의 기사가 막아선 것에 살짝 아쉬운 듯 한숨을 쉬고는 다시 사라져 본래의 자리로 돌아왔다.

ㅡ마스터, 저건……!

반면, 재중의 돌발적인 행동 때문에 모습을 드러낸 붉은 갑옷의 기사를 본 테라는 너무나 놀랄 수밖에 없었다.

절대로 지구에 있어서는 안 되는 것이 지금 눈앞에 나타난 것이다.

―데스 나이트!! 마스터, 저건 데스 나이트예요!!

소리치는 테라의 말에 재중은 그제야 비록 전력을 다하진 않았지만 어째서 자신의 주먹이 막혔는지 이해가 되었다.

데스 나이트, 일명 죽음의 기사라고도 불리지만 검은색은 항간에서 말하는 짝퉁 데스 나이트였다.

진짜 마족의 힘을 빌려 만든 데스 나이트는 피보다 진한 붉은색이었다.

하지만 붉은색의 데스 나이트는 대륙의 역사상 딱 한 번 모습을 드러냈을 만큼 흔히 볼 수 없는 것이기도 했다.

그 이유는 검은색의 데스 나이트는 그저 죽은 시체와 영혼으로 만들지만, 붉은색의 데스 나이트는 마족의 피가 섞여야 했다.

즉 마족도 어느 정도 희생을 해야만 만들 수 있는 것이 바로 붉은색을 가진 데스 나이트였다.

물론 마족의 피가 섞여 있는 붉은색의 데스 나이트는 위력도 일반적인 데스 나이트와는 하늘과 땅 차이였다.

아무리 강한 인간의 육체를 가지고 검은 데스 나이트를 만든다고 해도 붉은 데스 나이트에게는 그저 땅 위의 개미에 불과했다.

무엇보다 붉은 데스 나이트는 스스로 판단하고 행동하는 자아를 가지고 있다는 것이 가장 큰 특징이었다.

─마스터, 붉은 데스 나이트는 자아를 가지고 있어요. 한 번 한 공격은 두 번 다시 통하지 않을 거예요.

"배운다는 말이군."

테라의 경고에 재중은 바로 이해했다.

싸우면서 배우는 자아를 가지고 있다는 것이다.

그리고 싸우면서 강해지는 것이 얼마나 무서운지는 재중 스스로가 더 잘 알고 있었다.

왜냐하면 재중이 대륙에서 그렇게 드래고니안을 상대로 배우고 이겼으니 말이다.

"이런, 성미가 급하군그래."

남자는 자신의 붉은 데스 나이트에 의해 재중의 공격이 완벽하게 차단당하자 여유로운 미소를 지은 채 재중을 타이르듯 말하기 시작했다.

"하지만 감탄했어. 설마 하니 이 녀석이 나올 정도라니."

여유로운 미소는 짓고 있지만 재중 때문에 자신의 가장 확실한 마지막 카드인 붉은 데스 나이트가 나온 것에는 놀란 표정을 감추지 못했다.

쩌저적!!

그런데 갑자기 붉은 데스 나이트가 들고 있던 방패가 기이한 소리를 내기 시작했다.

"……?"

남자는 가장 믿고 있던 붉은 데스 나이트의 몸에서 기이한 소리가 나자 고개를 돌리지 않을 수 없었다.

그의 시선이 닿은 곳은 붉은색의 방패였다.

정확하게는 재중의 주먹을 막은 붉은 데스 나이트의 팔에 있는 방패이다.

쫘아악!!

"헉!!"

그런데 그것이 남자가 보는 앞에서 부서져 버린 것이다.

총알뿐만이 아니라 지금까지 그 어떤 공격에도 흠집초차 없던 붉은 데스 나이트의 붉은 방패가 산산이 부서져 바닥에 흘러내렸다.

치이익!!

그리고 땅에 닿은 방패 조각은 마치 녹아내리듯 붉은색 연기를 뿜으면서 기화되더니 붉은 데스 나이트의 투구 속으로 사라져 버렸다.

좌라라락!!

붉은 데스 나이트는 그저 부서진 방패 조각의 연기를 마셨을 뿐이다.

그런데 놀랍게도 방금 재중의 주먹에 부서진 방패와 똑같은 방패가 살아 있는 듯 재생하더니 다시 만들어졌다.

마치 아무 일도 없었던 것처럼 말이다.

"이런… 일이……."

하지만 남자에게는 아무것도 아닌 일이 아니었다.

"저것이 부서지다니… 아만티움으로 만들어진 방패가 어째서……."

아만티움이란 오리하르콘과 비슷한 금속이다.

신이 만든 금속이 오리하르콘이라면 마신이 만든 금속이 아만티움이라는 말이 있을 정도로 유명했다.

하지만 오리하르콘은 아주 소량이지만 발견이 되어서 실존하는 반면, 아만티움은 마계에만 있는 금속이다.

즉 차원을 넘어야만 볼 수 있는 금속이다 보니 드래곤의 입을 통해 전해질 뿐 실제로 본 것은 테라도 이번이 처음일 정도로 정말 귀한 금속이었다.

─아만티움? 설마…….

테라는 이 상황에도 정말 보기 힘든 아만티움이라는 말에 호기심을 드러냈다.

반면 재중의 눈은 살짝 가늘게 변하는 중이다.

'분명 내 주먹을 맞는 순간 방패가 움직였어.'

다른 사람은 몰라도 재중은 느낄 수가 있었다.

달려들어 주먹으로 치는 순간, 갑자기 나타난 붉은 데스 나이트는 방패로 재중의 주먹을 막았다.

물론 재중은 그걸 보고서도 주먹을 내질렀다.

어차피 자신의 주먹을 막을 수 있는 것은 그리 많지 않았으니 말이다.

그런데 놀라운 일이 벌어졌다.

재중의 주먹이 방패에 부딪치는 순간, 아주 미세하지만 방패가 흔들리면서 타격점이 흔들렸다.

물론 흔들렸다고 해도 그걸로 충격을 흘려보낼 수 있는 수준의 것은 아니었다.

하지만 그 덕분인지 방패가 나중에 부서지긴 했지만 재중의 공격을 견뎌낸 것이다.

그런데 문제는 붉은 데스 나이트는 자아를 가지고 있다고 했다.

즉 방금 재중의 공격을 똑같이 한다면 이번에는 방패가 부서지지 않고 충격을 흘려 버릴 수도 있다는 뜻이다.

문득 그런 생각이 들자 재중은 궁금했다.

과연 테라의 말대로 붉은 데스 나이트의 자아가 얼마나 빠르게 진화하는지 말이다.

"궁금해."

—네?

뭔가 엉뚱한 재중의 한마디에 테라가 뭐라고 하기도 전에 재중의 몸이 다시 사라졌다.

—마스터!

그리고 테라는 재중이 사라지고 나서야 방금 전 궁금하다는 의미가 무엇인지 깨달았다.

—마스터, 에고…….

재중이 한번 흥미를 느끼면 그 누구도 말릴 수 없다는 것을 아는 테라는 가볍게 신음했지만 이미 늦어버렸다.

퉁!!

이미 붉은 데스 나이트와 재중이 다시 격돌했으니 말이다.

그런데 특이한 것은 이번에는 소리가 달랐다.

처음엔 부딪치는 소리가 났다면 이번에는 마치 커다란 징을 치는 듯한 깊으면서도 넓게 퍼지는 소리로 확연한 차이가 있었다.

"쳇, 사실이군."

반면 재중은 자신의 주먹을 막은 붉은 데스 나이트의 방패가 부서지지 않은 것을 두 눈으로 직접 확인하곤 확신했다.

놈이 자아를 가지고 있고 진화한다는 것을 말이다.

"크하하하하하! 역시 막아냈구나!"

반면 남자는 재중의 주먹을 막아낸 것이 대견스러운 듯 큰 소리로 웃었다.

처음에는 방패가 부서졌지만 이번에는 말짱했다.

겨우 한 번 공격을 받았을 뿐이지만 붉은 데스 나이트는 재중의 공격을 완벽하게 받아냈다.

"……."

그리고 재중도 사실 놀라긴 마찬가지였다.

처음에는 재중의 주먹이 강하다고 느끼고 중심축을 비껴 나가게 했었다.

그래도 방패가 부서지자 두 번째는 아예 충격을 옆으로 퍼뜨려 버린 것이다.

마치 물 위에 돌을 던지면 파문이 일어나면서 사방으로 퍼지듯 재중의 주먹을 때린 방패는 둔중한 소리를 내면서 충격을 흡수하기보다 바로 밖으로 흘려 버렸다.

그래서 처음과 달리 두 번째는 징을 친 듯한 소리가 들린 것이다.

충격을 모두 밖으로 흘려 버리니 주변의 공기가 울부짖기 시작했다.

그리고 낮지만 길고 넓게 퍼지는 소리가 생겨났다.

꽈악~

그런데 재중이 다시 세 번째 공격을 하려는 듯 주먹을 쥐
자,

"잠깐!"

남자가 갑자기 재중을 향해 손을 들어 보였다.

그러고는 싸울 뜻이 없다는 듯 양손을 흔들면서 외쳤다.

"굳이 싸울 필요가 있을까?"

겨우 단 두 번의 격돌이지만 재중은 땀은커녕 숨소리마
저 평온함 그 자체이다.

하지만 자신의 붉은 데스 나이트는 두 번째는 재중의 공
격을 막긴 했지만 이미 첫 번째 방패가 부서지는 경험을 했
기에 승산이 없다고 판단했다.

"나를 먼저 건드린 건 너다."

재중이 나직하게 말하자,

"오해를 했다면 풀어야지 꼭 싸울 필요는 없지 않나?"

남자는 마치 재중을 달래듯 답했다.

하지만 그 말에 재중은 코웃음을 쳤다.

알람 마법을 건드렸다는 이유만으로 자동차 문짝도 가볍
게 뚫을 혈편시를 날려 보낸 녀석이다.

거기다 재중이 혈편시를 상대하고 있는 도중에 몰래 옆
으로 숨어들기까지 했다.

그걸 오해라고 말하는 녀석의 모습이 가소로울 뿐이다.

"오해라……. 크크큭, 그럼 그냥 내 변덕이라 생각해라."

"응? 그게 무슨……?"

재중의 뜬금없는 말에 남자는 무슨 말인가 하려고 했지만,

쾅!!

이번에는 남자의 뒤에 붉은 데스 나이트가 나타나 재중의 주먹을 막아섰다.

물론 재중의 주먹을 막긴 했다.

다만 문제라면 소리였다.

쩌거거걱, 쩌걱!

황당하게도 재중의 주먹을 막은 붉은 데스 나이트의 방패뿐만이 아니라 방패를 차고 있는 왼쪽 팔뚝 부분의 갑옷까지 부서져 버렸다.

후두득!

피시쉮!!

물론 땅에 떨어진 붉은 갑옷 조각은 다시 연기가 되어 붉은 데스 나이트의 투구 속으로 사라졌지만 그게 전부였다.

재생을 한다고 해도 또 부숴 버리면 그뿐이다.

그런데 세 번째 공격을 한 후 재중이 돌연 처음에 있던 곳으로 돌아가 버리는 것이 아닌가?

당연히 연속으로 공격할 줄 알고 대비하고 있던 붉은 데스 나이트는 여전이 재중에게 집중했다.

하지만 아예 주먹에서 힘을 풀어버린 재중이다.

"……?"

남자는 재중이 무슨 꿍꿍이로 저러는지 알 수가 없었다.

반면 재중은 붉은 데스 나이트를 상대로 세 번째 공격을 하고 나서 뜻밖의 것을 보았다.

"쟁롯이 갑옷 속에 있을 줄이야."

어째서 마족의 피를 섞어야만 만들 수 있는 붉은 데스 나이트가 나타난 건지 모두 이해가 되는 순간이다.

쟁롯은 마족의 시체인데 그걸 붉은 데스 나이트를 만드는 데 베이스로 삼았으니 당연히 가능할 수밖에 없던 것이다.

마족의 피를 섞으나 마족의 시체를 사용하나 결국 베이스가 마족인 것은 같았으니 말이다.

만약 재중이 아니라면 아마 지금 저 남자를 막을 존재는 없을 것이다.

크레이언 올드 세이라가 있긴 하지만 그녀는 드래곤이었다.

드래곤 특유의 무관심과 이기적인 성격을 생각하면 지구의 인류가 저 남자의 손에 다 죽더라도 그녀는 꿈쩍도 하지 않을 것이다.

그러니 사실상 무적이나 마찬가지였다.

물론 그 모든 것은 재중을 건드리기 전까지만 해당되는 것이지만 말이다.

"굳이 내가 나설 필요까지도 없겠어."

반면 세 번째 공격에 확실히 붉은 데스 나이트의 한계를 읽은 재중이었다.

물론 덕분에 돌연 흥미를 잃어버리긴 했지만, 그건 자신이 직접 싸우는 것에 흥미를 잃은 것이지 붉은 데스 나이트 자체에 흥미를 잃은 것은 아니었다.

"테라."

―네, 마스터.

"네가 잠시 연아 곁에 가 있어라."

―네? 아, 알겠어요, 마스터.

테라는 재중의 명령을 듣는 순간 바로 이해했다.

왜 자신을 연아 곁으로 보내는지 말이다.

지금 연아의 보호를 위해 항시 대기 중인 흑기병을 빼오기 위해서 대신 테라가 가야만 했던 것이다.

절대로 다시는 같은 실수를 하지 않기 위해 흑기병이든 테라든 둘 중에 하나는 연아의 곁에 두기로 했던 재중이다.

―마스터, 부르셨습니까?

테라가 사라지자 재중의 그림자에서 오랜만에 흑기병의 묵직한 음성이 들려왔다.

"저 녀석, 재미있어 보이지 않아?"

재중은 눈앞에 남자를 지키고 서 있는 붉은 데스 나이트를 보면서 말했다.

―데스 나이트군요.

테라와 같이 한눈에 알아본 흑기병이다.

"어때, 한번 붙어보고 싶지?"

재중은 테라와 달리 명령이 있을 때 외에는 거의 뒤에 숨어 있는 흑기병이다.

이럴 기회가 아니면 언제 스트레스 풀겠냐는 생각이 들어 테라를 연아에게 보내고 흑기병을 부른 것이다.

―명령이라면 기꺼이.

흑기병다웠다.

오로지 재중의 명령만 있으면 그 무엇도 상관없다는 대답이다.

"데스 나이트와 저 남자를 내 앞으로 끌고 와라."

재중이 나직하게 한마디 하자,

쏴우욱!!

재중의 그림자에서 검은색의 물체가 솟아오르더니 곧 형체가 만들어지면서 흑기병이 모습을 드러냈다.

"헛!! 저것은……!!"

그런데 남자도 재중의 그림자에서 흑기병이 나오는 것을 보고는 화들짝 놀랐다.

설마 재중도 자신과 비슷한 것을 가지고 있을 것이라고 는 생각하지 못한 것이다.

쿵쿵!!

철컹철컹!!

하지만 남자야 놀라든가 말든가 흑기병은 육중한 철갑 소리를 울리면서 붉은 데스 나이트의 곁으로 걸어가기 시 작했다.

철컹!!

붉은 데스 나이트는 흑기병을 보고는 자세를 잡더니 허 리에서 검을 뽑았다.

사실 재중을 상대로는 막기에 급급했기에 검을 뽑을 여 유조차 없어 이제야 뽑은 것이다.

그런데 누가 붉은 데스 나이트 아니랄까 봐 뽑아 든 검도 붉은색이다.

쿵!

반면 흑기병은 칼은커녕 흑기병의 주 무기인 창도 꺼내 지 않고 맨손이다.

"과연 아만티움과 아만티움이 싸우면 누가 이길까?"

재중은 붉은 데스 나이트의 갑옷이 아만티움이라는 말을 들었다.

흑기병도 아만티움으로 만들어진 가디언이다.

그래서 궁금했다.

과연 드래곤이 만든 가디언이 강할까, 마족의 시체인 쟁롯으로 만든 가디언이 강할지 말이다.

씨익~

그런 궁금증을 말해주듯 재중의 입가에 미소가 그려지는 순간,

쾅!!

쿵!!

붉은 데스 나이트와 흑기병이 붙었다.

지금까지 방어만 하던 붉은 데스 나이트와 달리 흑기병을 상대로는 먼저 검을 내려치면서 달려들었다.

하지만 흑기병은 그런 녀석의 검 따위는 안중에 없다는 듯 그대로 파고들더니 정확하게 내려치는 붉은 검의 검면을 팔을 휘둘러 쳐냈다.

쾅~!

끼릭~!

순간 흑기병이 맹렬한 기세로 내려치던 검을 튕겨내자 중심이 흔들렸는지 몸이 갸우뚱거렸는데, 그때를 놓치지

않겠다는 듯 흑기병이 안으로 파고들자,

콰!!

무릎으로 흑기병의 움직임을 막아버린 붉은 데스 나이트
였다.

추르륵!

하지만 흑기병은 앞이 막히자 바로 옆으로 이동하더니
붉은 데스 나이트의 뒤를 잡아버렸다.

콰직!!

흑기병은 뒤를 잡자마자 그대로 붉은 데스 나이트의 투
구를 한 손으로 움켜잡고는 허리를 비틀어 마치 유도에서
업어치기를 하듯 뒤를 잡고 땅바닥에 메쳐 잡아당기면서
허리를 튕겼다.

콰직!!

강하게 쥔 흑기병의 건틀릿 손가락이 붉은 데스 나이트
의 투구 속에 박혀들어 갔다.

당연히 뒤에서 업어치기를 하는 흑기병의 동작을 막는
것이 불가능한 붉은 데스 나이트의 몸이 허공에 가볍게 떠
올랐다.

하지만 일반적으로 땅바닥에 메다꽂아 버리는 것이 전부
인 업어치기와는 사뭇 달랐다.

휙!

갑자기 몸을 뒤로 튕긴 흑기병이 땅으로 떨어지는 붉은 데스 나이트의 투구 부분을 그대로 걷어차 버렸다.

콰지익!!

탱탱탱.

얼마나 강하게 걷어찼는지 붉은 데스 나이트의 투구가 그대로 찢어져 땅바닥을 굴러 재중의 발 앞까지 굴러와 버렸으니 말이다.

쿵!!

그리고 뒤늦게 투구를 잃어버린 붉은 몸뚱이가 허무하게 땅으로 떨어졌다.

출렁.

그걸로 끝이었다.

흑기병이 알고 그랬는지는 모르지만 붉은 데스 나이트의 핵이 투구에 있었다.

그런데 흑기병이 그걸 걷어차서 찢어버렸기에 더 이상 몸체를 유지할 수 없어 허무하게 부서져 버린 것이다.

"말도 안 돼!!"

반면 남자는 충격에 머릿속이 하얘져 버렸다.

자신이 철석같이 믿고 있던 붉은 데스 나이트가 설마 이렇게 허무하게 부서질 것이라고는 생각도 해본 적이 없는 남자였다.

그는 당장 도망가야 된다는 것도 잠시 잊을 정도로 충격
에서 헤어나지 못했다.

덥석!!

"쿨럭!"

흑기병이 목을 거칠게 움켜쥐면서 숨이 막히자 그제야
제정신이 돌아온 남자였다.

물론 뒤늦게 발버둥을 쳤지만 힘이라면 재중도 애먹을
만큼 강력한 흑기병의 손아귀에서 벗어나는 것은 불가능했
다.

쿵쿵쿵!

정확하게 재중이 명령한 대로 붉은 데스 나이트의 머리
와 남자의 목을 틀어쥐고 나타난 흑기병은 가볍게 인사를
하고는 조용히 재중의 그림자 속으로 들어가 버렸다.

마치 볼일 다 봤으니 이제 끝이라는 듯 말이다.

"후후훗, 녀석 하고는."

재중은 흑기병이 창을 꺼내지 않는 모습에 그동안 쌓인
스트레스가 어지간히 많았다는 것을 짐작할 수 있었다.

자신의 무기인 창도 꺼내지 않고 오로지 주먹으로 상대
한 것만 봐도 알 수 있었다.

흑기병의 창은 보기에는 흑기병의 갑옷과 같은 재질로
보이지만 실재는 다른 재질의 금속이었다.

물론 흑기병 본인도, 테라도 흑기병의 창이 어떤 재질의 무기인지는 알지 못했다.

하지만 단 하나는 확실했다.

단단하다는 것이다.

테라가 흑기병을 죽이려면 흑기병이 사용하는 창이 아니면 불가능하다는 말을 했을 만큼 무시무시한 무기였다.

그런데 그런 무기를 꺼내지도 않았다는 이유는 간단했다.

그냥 시원하게 손맛을 보고 싶었던 것이다.

거기다 업어치기를 해서 허공에서 땅으로 떨어지는 적의 머리를 정확하게 걷어차는 신기에 가까운 기술까지 보였다.

확실히 육탄전에서는 재중도 인정하는 흑기병다웠다.

Chapter 12
괴승

재중귀환록

"넌 뭐냐?"

누구냐에서 뭐냐로 바로 바뀐 재중의 질문에 남자는 벌벌 떨면서 대답했다.

"마르세이 스비르노바입니다."

남자의 이름을 들은 재중은 고개를 끄덕였다.

러시아 특유의 이름이다.

그런데 마르세이 스비르노바를 가만히 쳐다보던 재중은 슬쩍 입가에 미소를 짓더니 눈을 보면서 물었다.

"네놈이 눈을 통해 보고 있다는 것을 알고 있다."

갑자기 이상한 말을 한다고 생각할 수도 있지만 재중의 말이 끝나자마자 마르세이 스비르노바의 몸이 부르르 떨리더니 눈동자가 뒤집히면서 흰자만 보이는 것이 아닌가?

그리고 전혀 다른 목소리가 그의 입을 통해서 나오기 시작했다.

"크크크크큭, 어떻게 알았지? 제자의 눈과 귀를 통해 모두 보고 있다는 것을 말이야."

씨익~

재중은 그의 목소리에 미소를 지으면서 대답했다.

"이 녀석의 능력으로는 데스 나이트를 만드는 것이 불가능했으니까."

재중은 이미 애초에 남자의 능력으로는 붉은 데스 나이트를 만들어내는 것이 불가능하다는 판단을 내린 상태로 상황을 지켜본 것이다.

"오호! 역시 대단해. 크크큭. 하지만 내 제자를 죽인 것은 너무했어."

목소리는 마치 재중이 마르세이 스비르노바를 죽인 것처럼 말했다.

하지만 재중은 표정 변화 없이 그대로 흰자만 남은 눈동자를 쳐다보면서 말했다.

"네놈은 누구지?"

"나? 나 말인가? 크크크크큭, 뭐 알려줘도 상관없겠지. 자네 같은 강자라면 말이야."

재중을 향해 자신이 무슨 대단한 사람이라도 되는 듯 말했다.

"세상에 알려진 이름은 그레고리 라스푸틴이라고 하지."

"……."

재중은 적, 아니, 그레고리 라스푸틴의 이름을 듣곤 고개를 갸웃거렸다.

확실히 유명한 인물이긴 했기에 재중도 대충 어떤 사람인지는 알고 있으니 말이다.

하지만 재중이 고개를 갸웃거린 이유는 바로 그는 죽었다고 알려져 있기 때문이다.

"넌 죽었을 텐데?"

러시아에서 죽은 시체까지 확인했다고 알려졌기에 재중이 물어보았다.

"크크크크큭, 난 어디에도 있지. 그리고 어디에도 없지. 어차피 육체란 무의미한 것을. 자네도 보이는 것만 믿는 눈을 가지고 있구먼그래."

"……."

확실히 지금 라스푸틴이 말한 것처럼 재중과 대화를 하고 있는 이가 진짜 라스푸틴인지 아니면 이름만 빌린 가짜

인지는 알 길이 없었다.

왜냐하면 지금 마르세이 스비르노바의 몸을 매개체로 해서 목소리만 듣고 있으니 말이다.

하지만 이것만은 확실했다.

놈이 붉은색의 데스 나이트를 만들고 쟁롯의 시체를 이용하는 법을 알고 있다는 것이다.

거기다 자신의 제자를 통해서 보고 들을 수 있는 고위 마법까지 사용할 줄 아는 녀석이다.

인간의 눈과 귀를 패밀리어처럼 사용하는 것은 상당히 고위 마법이다.

일반 동물과 달리 인간은 뇌가 크기 때문에 복잡한 인간의 뇌의 일정 부분만 사용한다는 것은 대단한 실력이 필요했다.

"크크크큭, 믿음이란 각자의 마음에 있지. 안 그런가?"

"목적이 뭐지?"

재중은 계속 딴소리를 하는 라스푸틴의 모습에 직접적으로 물어보았다.

"이런, 뭔가 착각하고 있군그래. 난 알프레도 6세가 원했기에 부탁을 들어줬을 뿐이야. 그러니 난 애초에 목적이 없다는 뜻이지."

피식~

재중은 라스푸틴의 말에 입가에 미소를 그러고는 일어섰다.

상대는 애초에 재중에게 그 무엇도 말해줄 생각이 없었다.

거기다 이미 라스푸틴과 대화에 이용된 마르세이 스비르노바의 몸도 싸늘하게 식어가는 중이다.

"당했군."

재중은 뒤늦게 라스푸틴이 시간을 왜 끌었는지 깨닫고는 자신의 방심한 것에 어이없다는 웃음을 지었다.

―마스터, 뇌가 녹아내렸어요.

그제야 테라가 부랴부랴 마르세이 스미르노바의 뇌를 살펴보고는 안타까운 듯 말했지만 재중은 가볍게 고개를 끄덕였다.

이미 그럴 것으로 예상했다.

"꼬리 자르기를 당했군."

―당했군요.

테라도 억울한 듯 한마디 했지다.

하지만 이미 뇌가 완전히 녹아버린 마르세이 스미르노바에게서는 어떠한 정보도 들을 수가 없었다.

아니, 애초에 라스푸틴이 자신의 존재를 드러내는 순간부터 마르세이 스미르노바의 뇌는 녹아내리고 있었을 것이다.

다만 확실하게 뇌를 녹이기 위해서 시간이 필요했기에 재중에게 자신의 이름을 밝혔을 것이다.

물론 라스푸틴의 예상대로 재중이 움직여 줬으니 누굴 탓하겠는가.

―하지만 진짜일까요?

테라도 그레고리 라스푸틴이 누군지는 알고 있었다.

아니, 역사상 러시아에서 가장 유명한 인물 중 하나이니 모르는 게 이상한 일이다.

시베리아의 한 농부의 아들로 태어난 라스푸틴은 열여덟 살이 되는 해부터 떠돌이 생활을 시작했다.

당시 제정 러시아 수도인 상트 페테르부르크에 혈우병이 나타났고, 황태자도 혈우병에 걸려서 고생하고 있는 상황이었다

그런데 그런 황태자의 병세를 기도 요법으로 완화시켜 준 것이 바로 라스푸틴이었다.

인생 한 방이라고 했던가?

한순간이었다.

황태자를 구하는 순간 그레고리 라스푸틴은 황실의 신망과 함께 절대적인 믿음을 받으면서 귀족 대접을 받기 시작한 것이다.

당시 극심한 신경쇠약에 시달리던 알렉산드라 황후는 라스푸틴이 없이는 하루도 견디지 못하는 상황이 되었다.

라스푸틴은 그걸 이용해서 사실상 니콜라이 2세를 허수아비로 만들고 뒤에서 폭정을 부리기 시작했다.

물론 이러한 라스푸틴을 니콜라이 2세의 딸들이 좋아할 리 없었다.

특히나 장녀인 올가 로마노바는 라스푸틴이 죽어야 러시아가 평화로워진다면서 라스푸틴을 몰아내려고 했다.

하지만 라스푸틴은 알렉산드라 황후의 강력한 지지를 받고 있었기 때문에 아무리 장녀인 올가라도 그를 건드리는 것은 쉽지가 않았다.

당시 라스푸틴은 러시아 농민들에게 생계를 유지하기조차 어려울 만큼 가혹하게 세금을 거둬들여 자신의 사리사욕을 채우고 있는 상황이었다.

그리고 혹시라도 반항하거나 항의하는 농민이 있으면 그냥 총으로 쏴버렸다.

피의 일요일이라고 부르는 농민 학살의 날이 있었지만 이건 시작에 불과했다.

니콜라이 2세가 1차 세계대전에 직접 참전하게 되자 러시아는 사실상 라스푸틴의 것이나 마찬가지가 되어버린 것이다.

얼마나 폭정이 심했는지 일반 농민은 기본이고 심지어 같은 황제파의 귀족들마저도 황제에게 등을 돌릴 만큼 아주 전무후무한 폭정의 기록을 남기게 된 인물이 바로 라스푸틴이다.

하지만 이 정도면 라스푸틴은 그저 역사에서 폭정을 한 인물로 기록이 되었을 것이다.

정말 라스푸틴이 유명하게 된 것은 바로 이때부터였다.

폭정과 억압이 도를 넘어서 이대로 가면 러시아가 더 이상 버티지 못하고 무너질 위험을 느낀 귀족이자 라스푸틴의 반대 세력이던 펠릭스 유스포프 공작, 드미트리 파블로비치, 프리쉬케비치가 라스푸틴을 죽이기로 작정하고 잔치에 초대했다.

그리고 독약을 먹였다.

하지만 당장 피를 토하고 죽어야 할 라스푸틴이 죽기는커녕 기타에 맞춰서 춤을 추었던 것이다.

그것도 무려 두 시간이 넘도록 독약을 먹은 채로 말이다.

그러자 황족이자 공작인 펠릭스 유스포프가 라스푸틴의 가슴에 총을 쐈댔고, 그것도 모자라 강철 지팡이로 머리를 내려쳤다.

그러고는 양탄자에 싸서 얼어붙은 네바 강에 던져 버렸다.

무려 네 발의 총알을 가슴에 맞고 독약을 먹었으며 강철 지팡이에 머리까지 얻어맞은 라스푸틴이다.

하지만 황당하게도 라스푸틴의 시체를 꺼내보니 그가 죽은 이유는 익사였다.

즉 총, 독약, 강철 지팡이 등은 그의 사인이 아니었고 물에 빠져 익사해서 죽은 것이다.

그런데 더욱 놀라운 것은 라스푸틴이 남긴 유서였다.

나는 이제 곧 죽을 것이고 나를 죽이는 장본인이 황제의 친구(황족, 혹은 인척)면 황실도 머지않아 몰락할 것이다.

만약 러시아 귀족에게 죽는다면 차르는 25년 후에 러시아에서 자취를 감출 것이며, 농부의 손에 죽는다면 차르는 수백 년 동안 이 땅을 다스릴 것이다.

그런데 정말 어이없게도 라스푸틴의 예언대로 몇 달 뒤 세계 최초의 공산주의 혁명이 일어나 제정 러시아는 붕괴되고 로마노프 왕조도 대가 끊겨 버린 것이다.

이 때문에 세계적으로 유명한 예언가를 말할 때 그레고리 라스푸틴이 나오는 경우가 제법 많았다.

하지만 정말 죽었을까 하는 의문을 보내는 사람도 많았고, 아직도 의심하는 사람이 많았다.

─우선 기록은 죽은 것으로 되어 있지만 진짜로 라스푸틴이 죽었다고 믿지 않는 사람도 많아요, 마스터.

"어째서?"

─우선 귀족들만의 파티에서 벌어진 일이에요. 즉 얼마든지 말만 맞추면 만들어낼 수 있는 상황이라는 거죠. 거기다 자신을 반대하는 녀석들의 초대에 라스푸틴 같은 사람이 순순히 갔다는 것도 신빙성이 떨어지고요.

"그렇긴 하지."

사실 폭정을 하면서 사사건건 자신과 부딪치면서 싫어하는 것을 아는 사람의 집에 초대를 받아서 간다?

이건 사실상 누가 봐도 좀 어이없는 행동이었다.

물론 자신의 죽음을 예감한 예언서가 있긴 하지만, 누가 봐도 죽을 가능성이 대단히 높아 보이기도 했다.

대륙에서도 자신의 정권에 반대하는 귀족과는 차도 마시지 않는 것이 불문율이었다.

언제 독살당할지 모르기 때문이다.

그런데 전무후무한 폭정을 일삼은 라스푸틴이 그렇게 생각이 없진 않았을 것이 분명했다.

즉 잘 만들어진 이야기일 가능성도 있다는 뜻이다.

─대륙에서도 폭정을 일으키는 자 대부분이 조심성이 많고 사람을 믿지 않아요. 그러니 라스푸틴은 귀족들의 손에

죽은 것이 아닐 수도 있고요. 그것은 누구도 정확하게 알지 못해요, 마스터.

"······."

재중은 테라의 말에 곰곰이 생각해 보았지만, 뾰족히 떠오르는 것이 없었다.

우선 라스푸틴이라는 녀석에 대해서 아는 것이 너무 없었다.

있는 것은 과거 기록뿐이지만 문제는 그 기록도 라스푸틴은 이미 죽은 사람으로 되어 있다는 것이다.

"테라, 너의 판단은 어때?"

재중은 자신이 생각해도 쉽게 판단을 내리기 힘든 라스푸틴의 존재에 대해서 물었다.

―우선 70% 정도예요.

"꽤 높군."

―우선 녀석의 입장에서는 굳이 라스푸틴이 아니라도 다른 인물이 많았어요. 즉 마스터의 시선을 빼앗을 속셈이면 더 괜찮은 인물이 많았지만 그러지 않았다는 것이 가장 높은 확률을 준 이유예요.

"그렇긴 하지."

확실히 라스푸틴이 제자의 뇌를 녹이기 위한 시간 벌이용으로 정체를 밝히는 것이라면 굳이 라스푸틴이 아니라 다른 인물도 있었다.

아니면 다른 것으로 재중의 이목을 돌릴 수도 있었다.

오히려 제자의 몸을 이용하여 재중을 공격해 재중의 손을 빌려 처리하는 방법 등 여러 가지가 있었다.

그런데 그러지 않았다는 것은 라스푸틴은 자신의 정체를 숨길 필요성이 전혀 없다는 뜻이다.

자신감.

그렇다, 라스푸틴은 제자의 눈과 귀를 통해 재중의 능력을 보고서도 충분히 자신 있다는 것을 드러낸 셈이다.

씨익~

재중은 생각이 어느 정도 정리되자 입가에 미소를 그렸다.

다른 것은 아직 알 수 없지만, 우선 라스푸틴의 등장만큼은 재중에게 확실히 각인시켰으니 말이다.

고위 마법사였다.

흑마법사인지, 아니면 마나의 길을 걷는 마법사인지는 아직은 알 수가 없다.

제자인 마르세이 스미르노바도 마나의 향기가 느껴졌으니 말이다.

오히려 데스 나이트에게서 마기가 풍겼기에 서로 섞여 혼란이 왔을 뿐이다.

그 말은 라스푸틴이 흑마법사일 수도 있지만, 반대로 마나의 길을 걷는 마법사이면서 흑마법에 상당한 지식을 가지고 있을 가능성도 상당히 높다는 뜻이다.

"크크큭, 간만에 지루하지 않겠는데."

재중은 뜻밖의 적이 등장한 것에 묘하게 기분이 들뜨는 느낌이다.

그런데 그때 테라가 묘한 말을 했다.

—마스터.

"응?"

—혹시 기억하세요?

"뭘?"

—신승주 씨를 치료할 때 마스터를 사칭했던 녀석이요.

"……!"

테라의 말을 듣고서야 재중은 기억 저편에 있던 녀석의 존재가 떠올랐는지 표정이 살짝 굳어졌다.

너무나 의문투성이인 녀석이라 잊을 수도 없다.

그런데 테라가 갑자기 왜 그런 이야기를 꺼냈을까?

—왠지 연관점이 많아서요. 쟁롯, 거기다 마법적 지식, 마지막으로 이상하게 왠지 마스터와 계속 연결되어 있는 듯한 느낌까지요.

"쟁롯이라……."

확실히 다른 것은 다 무시할 수 있지만 쟁롯의 존재가 재중에게도 가슴 깊이 파고들었다.

—쟁롯이 흔한 것은 아니에요. 세간에 모르는 사람이 더 많을 만큼 희귀하기도 하구요. 그런데 그런 쟁롯으로 붉은 데스 나이트를 만드는 라스푸틴이라는 녀석이 신승주와 연관이 있는 것 같지 않으세요?

"그러고 보니 신승주가 알리시아 공주와 약혼식을 올리기 직전에 갑자기 전 국왕이 죽었다고 했지?"

—아, 네. 제가 확인했으니 확실해요.

"만약에 테라 네가 알리시아 공주를 마음대로 하고 싶다면 가장 먼저 제거해야 할 것이 무엇일까?"

재중이 무언가 알아낸 듯 물어보자,

—당연히 신승주 씨를 죽이는 거죠.

왕가의 공주가 모든 반대를 무릅쓰고 오직 자신의 고집만으로 신승주라는 타국의 평범한 작곡가와 결혼을 하려고 했다.

그 정도면 이미 사랑에 목숨 걸었다고 해도 맞는 표현이다.

과연 그런 사랑을 떨어뜨려 놓는다고 잊을 수 있을까?

재중은 생각해 봤지만 대답은 아니다.

재중 자신도 입양 간 연아를 찾기 위해 수년 동안 찾아 헤맨 경험이 있지 않은가?

사랑의 종류가 다를 뿐이다.

재중이 연아를 찾아서 떠돌아다닌 것이나 알리시아 공주가 신승주를 찾아서 알게 모르게 왕궁을 떠나 밖으로 돌아다닌 것이나 비슷했다.

"라스푸틴, 재미있는 녀석이야."

재중은 확신했다.

왜 아무런 연관도 없는 자신을 이용해서 신승주에게 접근했는지는 알 길이 없다.

어쩌면 재중이 천서영을 치료했다는 것을 알아냈고, 그걸 이용해서 신승주에게 접근했을 수도 있었다.

아무튼 이렇게 사건을 연결해서 풀이하니 마치 거짓말처럼 그동안 풀리지 않던 사건들의 실타래가 술술 풀리는 느낌이다.

특히나 재중은 차원이동으로 시간적 괴리인 10년을 건너뛰었다.

그래서 그동안 과연 누가 신승주에게 자신을 사칭해서 접근했을까 고민했었다.

한데 엉뚱한 곳에서 그 실마리가 풀리기 시작하자 묘하게 기분이 좋아졌다.

Chapter 13
뜻밖의 죽음

"무슨 일이지?"

재중은 생각을 정리하기 위해 좀 걷다가 해가 뜨는 것을 보고서야 알리시아 공주의 저택에 모습을 드러냈다.

그런데 뭔가 이상했다.

어수선하고 주변이 바쁘게 움직이고 있었던 것이다.

아직 시간이 오전 6시인 것을 생각하면 조금 이른 시간이긴 했다.

무엇보다 이곳은 왕가의 혈족인 알리시아 공주의 저택이었다.

재중이 이상하게 여길 수밖에 없었다.

왜냐하면 왕가의 법도와 예절은 시대를 떠나 엄격한 것으로 유명했으니 말이다.

거기다 재중이 만난 알리시아 공주도 그런 예절과 법도가 몸에 익을 만큼 교육을 받고 자란 사람이다.

—음, 저도 잠시 마스터에게 집중하고 있었는데, 알아볼까요?

테라도 재중과 함께 고민하면서 재중에게 집중하고 있다 보니 잠시 정보를 수집하지 않았었다.

그래서 지금 이렇게 어수선한 저택의 분위기를 전혀 이해하지 못하고 있었다.

"아니. 나가보면 바로 알 수 있겠지."

문만 열면 누구에게라도 물어 알 수 있는 일을 가지고 굳이 테라가 움직일 필요는 없다는 생각에 재중이 방문을 열자,

"재중 씨!"

때마침 천서영과 캐롤라인이 지나가다가 재중과 마주쳤다.

"무슨 일이야?"

재중이 나와서 보니 무슨 전쟁이라도 난 것처럼 사람들이 정신없이 돌아다니는 모습에 물어보았다.

"재중 씨는 듣지 못했어요?"

"뭘?"

"알프레도 6세, 그러니까 현 스페인 국왕이 살해당했대요."

"……!"

재중은 황당한 천서영의 말에 캐롤라인을 쳐다보았다.

"맞아요. 저도 지금 그것 때문에 확인해 봤는데 이미 알리시아 공주는 그 문제로 왕궁으로 불려간 상태예요."

"살해당하다니?"

어제만 해도 자신에게 거드름을 피우면서 시민권을 줄 테니 사인하라고 협박하던 녀석이다.

그런데 갑자기 살해당하다니?

오히려 재중이 황당했다.

하지만 지금은 그게 문제가 아니었다.

현 스페인 국왕이 살해당했다는 것은 심각한 문제였다.

"살해한 범인은?"

재중이 빠르게 물어보자,

"알프레도 6세의 가장 측근으로 있던 왕실 경호실장이에요."

"……."

재중은 왕실 경호실장이라는 말에 잠시 생각해 보니 불

현듯 라스푸틴이 떠올랐다.

'설마 라스푸틴 그 녀석, 알프레도 6세에게서 자신에 대해 알아낼까 봐?'

황당할 수도 있지만, 순간 재중의 머릿속에 떠오른 가정이기도 했다.

갑자기 왕실 경호실장이 현 국왕을 살해한다는 것은 도무지 이해할 수 없는 상황이기에 그런 생각이 들었다.

그런데 그런 재중의 생각에 테라가 거들었다.

—마스터, 어쩌면 알프레도 6세가 라스푸틴을 직접 만났을 수도 있어요.

'젠장! 그럼 가장 큰 힌트를 가까이에 두고서 몰랐던 거군.'

그저 알프레도 6세에게서 마기가 느껴지지 않는다는 것만 확인하고 안심한 것이 이렇게 뼈아픈 실수로 되돌아올 줄은 생각조차 하지 못했다.

하지만 정말 재중의 기분을 더럽게 한 것은 라스푸틴의 결단력이었다.

스페인의 현 국왕이라도 자신에 대해서 조금이라도 불리하거나 위험하다고 판단되면 순식간에 죽여 버리는 결단력말이다.

'보통이 아니야. 상황 판단하는 능력이 이 정도라면 마법

도 최소 고위 마법사로 생각해야겠어.'

재중은 라스푸틴에 대해서 평가를 다시 정리할 수밖에 없었다.

이건 재중의 뒤통수를 연속으로 두 번이나 때린 셈이다.

지금까지 재중은 살면서 이렇게 시원하게 뒤통수를 연속으로 맞은 경험이 없기에 신선하기도 하면서 자존심이 상하는 묘한 기분이 들었다.

그때,

"잠시 저희와 동행해 주시겠습니까, 선우재중 씨?"

왕실 경호원으로 보이는 남자들이 재중에게 다가오더니 다짜고짜 끌고 가려고 했다.

쏴아아~

순간 재중을 중심으로 살을 찌르는 듯한 살기가 뿜어져 나왔다.

멈칫!

왕실 경호원들은 순간 재중의 손목을 잡기 위해서 손을 뻗다가 지독한 살기에 그대로 굳어버렸다.

그리고 그렇게 굳어 있는 왕실 경호원들에게 재중이 나직하면서도 싸늘한 목소리로 물었다.

"누구의 명령인가?"

"그, 그것은……."

설마 수많은 특수 훈련을 받은 자신들이 눈빛에 제압당해 꼼짝도 못할 줄은 생각지 못한 왕실 경호원들이다.

그들은 어떻게든 지금의 상황에서 벗어나려고 했지만, 이미 드래곤 아이에 사로잡히는 순간 몸의 제어권은 재중에게 넘어온 상태였다.

"말해야 할 것이다. 어제저녁부터 이 저택을 지킨 다른 요원들로부터 이미 나와 내 일행은 아무런 관련이 없다는 것을 들어 알고 있을 텐데 나를 강제로 끌고 가려는 이유가 뭔지 말이야."

"그, 그것이……."

왕실 경호원이 재중의 압력에 결국 굴복하려는 듯 입을 열려는 순간,

"누구 허락을 받고 지금 이곳에 온 겁니까?"

알리시아의 앙칼진 목소리가 저택 안을 가득 채웠다.

"헛!!"

"공주님!"

왕실 경호원들은 알리시아 공주가 등장하자 당황하기 시작했다.

때마침 재중은 그들의 몸을 제약하고 있던 드래곤 아이를 풀어버렸다.

그러자 경호원들은 갑자기 몸이 굳어 있다가 풀린 것 때

문인지 휘청거렸다.

그래도 곧바로 중심을 잡는 것을 보면 확실히 훈련이 잘
되어 있는 모양이다.

"공주님."

"누가 공주라는 거죠?"

알리시아 공주가 평소의 부드러운 모습이 아닌 카리스마
있는 표정으로 재중을 에워싸고 있는 경호원들에게 날카롭
게 말했다.

"죄송합니다."

"나의 손님입니다. 그런데 내 손님을 나의 허락도 없이
누구의 명령으로 데려가려는 겁니까? 현 왕실에서 누가 공
주인 내 허락도 없이 내 손님을 데려가려 했는지 말해줘야
겠군요."

"그것이……."

왕실 경호원은 완전 사면초가에 빠져버린 듯 난감한 표
정으로 우물쭈물했다.

"직접 제가 알아낼까요?"

표정은 부드러웠지만 목소리는 한겨울의 시베리아 벌판
과 같았다.

특히나 왕실 경호원들에게는 더더욱 그랬다.

"어제 폐하를 만난 사람이기에 조사 차 데려오라는 명령

을 받았습니다."

왕실 경호원은 어떻게든지 벗어나기 위해 사력을 다하는
모습이었다.

하나 오히려 지금 이 말이 자신의 발목을 잡을 줄은 몰랐
다.

"이상하군요."

"……."

"왕실 경호원은 국왕 폐하와 왕실 경호실장 외에 그 누구
의 명령도 받지 않는다고 알고 있습니다. 그런데 오늘 폐하
께서는 붕어하셨고 왕실 경호실장은 범인으로 현장에서 체
포되었더군요. 그럼 누구의 명령을 받았다는 겁니까?"

흠칫!

그들은 알리시아 공주의 말에 완전 꿀 먹은 벙어리가 되
어버렸다.

"말하세요. 지금 왕실 경호원이 폐하께서 살해당한 이 시
점에 어째서 왕궁이 아닌 제 저택까지 왔는지요."

왕실 경호원은 왕실에 무슨 일이 생기면 무조건 왕실에
서 머물면서 모든 사람을 검사하고 차단하도록 되어 있다.

한데 지금 왕실에서 제법 떨어진 알리시아의 저택까지
와서 재중을 데려가려고 한 것은 누가 봐도 말도 안 되는
행동이었다.

물론 재중도 그걸 알고 있기에 이들이 나타나자마자 드래곤 아이로 제압하고 이유를 물어본 것이다.

"실패다!"

순식간이었다.

갑자기 뒤쪽에 있던 왕실 경호원 한 명이 짧게 한마디 하더니 돌연 난간을 잡고 뛰어넘어 버렸다.

그리고 그것이 신호인 듯 순식간에 재중에게 왔던 왕실 경호원 네 명이 난간을 뛰어넘어서는 입구를 향해 전력질주하기 시작했다.

"잡아라!!"

알리시아 공주는 이미 난간을 모두 넘고 나서야 저들이 도망간다는 것을 깨닫고 소리쳤지만 늦은 뒤였다.

뒤늦게 입구를 막으려고 저택에서 일하던 직원이 달려들었지만,

퍽!! 퍼퍽!!

간단하게 주먹질 몇 번으로 나가떨어져 버렸다.

뭐 당연한 결과였다.

상대는 왕실 경호원이다.

이미 수년 동안 특수 훈련을 받고 왕실에 배치된 경호원이었다.

한국으로 말하면 청와대 경호원이나 마찬가지인데, 그런

그들을 저택에서 일하는 사람이 막는다고 막을 수 있을 리가 없었다.

그런데 그들이 막 입구를 벗어나기 직전 재중은 입가에 미소를 그렸다.

우뚝!

그리고 거짓말처럼 재중이 미소를 짓는 순간 그들의 걸음도 멈추었다.

마치 누군가가 말뚝을 박아놓은 것처럼 말이다.

"헉!! 이게 뭐야?"

"발이 움직이지 않아!!"

"왜 이래!!"

"젠장!!"

도망치던 녀석들은 자신의 발이 왜 꿈쩍도 하지 않는지 이해하기 힘든 상황에 어떻게든 벗어나려고 몸부림을 쳐댔지만,

"덮쳐!!"

알리시아 공주의 뒤에 있던 다른 왕실 경호원들이 멈춘 녀석들을 뒤에서 덮치는 것으로 상황은 종료되었다.

뭔가 급박한 상황치고는 너무나 시시하게 끝나 버리긴 했다.

하지만 우선 녀석들을 잡아다가 과연 누가 왕실 경호원

을 마음대로 움직였는지 알아내는 것이 급했기에 연행하도
록 했다.

"미안해요, 재중 씨."

알리시아 공주는 재중을 끌어들여서 계속 여러 가지로
미안한 일이 생기는 것에 안타까운 표정을 지었다.

하지만 재중은 그냥 웃어넘겼다.

"사람 일이란 것이 다 그렇죠."

"고마워요, 이해해 줘서. 우선은 저택에서 쉬고 계시면
급한 일이 끝나는 대로 다시 올게요."

알리시아 공주는 그렇게 말하고는 안에 들어가 무언가
챙기더니 빠르게 저택을 벗어나 왕궁으로 돌아갔다.

*   *   *

"어떻게 안 거야?"

연아는 뒤늦게 이야기를 듣고 어느 정도 정리가 끝난 뒤
커피를 마시고 있는 재중에게 와서 물었다.

"뭘?"

재중이 모른 척하자,

"그 상황에 왕실 경호원들이 나쁜 놈들인 것을 어떻게 알
았냐는 거야, 내 말은."

마치 전래동화 이야기를 기다리는 어린아이 같은 연아의 표정에 재중은 씨익 웃어주었다.

"얼굴에 쓰여 있었으니까."

"잉?"

"장난치지 말고."

"장난 아니야. 얼굴에 쓰여 있었어."

"오빠!"

연아는 재중의 말에 장난치고 있다고 생각했는지 짜증을 부리기 시작했다.

당연히 연아의 곁에서 같이 이야기를 듣고 있던 천서영과 캐롤라인도 황당한 표정을 짓는 것은 마찬가지였다.

"알았어. 말해줄게. 정확하게 이해하는 사람도 없어 보이니까."

"진작 그럴 것이지."

연아는 자신의 짜증이 통했다는 생각에 다시 자리 잡고 앉았다.

"왕실 경호원은 비상시에는 왕궁을 벗어날 수 없어."

"......?"

"......?"

"......?"

뭔가 간략하면서도 짧은 재중의 말에 고개를 갸웃거릴

뿐 셋 다 전혀 이해하지 못하는 표정이다.

"간단하게 말해서 왕실에 무슨 일이 생기면 왕실 경호원은 무조건 왕실 밖으로 나오는 것이 금지되어 있다는 뜻이야."

"그거랑 오늘 여기 온 녀석들이랑 무슨 상관인데?"

연아는 역시나 이해하지 못하고 있었다.

그러자 재중은 작게 한숨을 쉬고는 풀어서 이야기해 주었다.

"생각해 봐. 현재 국왕이 살해당했어. 그리고 그 범인은 왕실 경호실장이야. 그럼 이 상황에 너라면 왕실 경호원이 왕궁을 벗어나 이곳까지 온다는 게 이해가 돼?"

왕실 경호원이라는 이름이 가지고 있는 의미를 간략하게 설명하자 그제야 놀란 표정을 지은 연아였다.

"앗! 그렇구나!"

왕실에 말하는 비상시란 외척의 침입도 있지만 그것만 있는 건 아니다.

왕궁의 주인인 국왕의 신변이 무슨 일이 생기는 것도 엄청난 비상사태였다.

그런데 그런 비상 상황에 왕실 경호원에게 명령을 내릴 수 있는 권한이 있는 단 두 사람 중 한 명인 국왕은 죽었고 왕실 경호 실장은 현행범으로 체포되었다.

그럼 과연 누가 왕실 경호원에게 명령을 내렸을까? 상식적으로 생각해도 말이 되지 않는 일이다.

물론 재중은 그런 것보다 대륙에서의 경험으로 자신을 찾아온 왕실 경호원들이 이상하다는 것을 눈치챘지만 말이다.

대륙도 왕실이 비상 상황이 생기면 로열 가드는 절대로 왕궁을 벗어나지 않았다.

왕실 경호원은 대륙으로 치면 로열 가드나 마찬가지였다.

재중이 그들을 의심하는 것은 너무나 당연했다.

"오빠… 대단하다."

"뭐가?"

"어떻게 그 상황에 그런 판단을 한 거야?"

아침 일찍 국왕이 살해당했다는 소식에 어수선한 상황이었다.

아마 연아가 재중의 입장이었다면 무조건 끌려갔을 것이다.

왜냐하면 그 정도로 정신없는 상황이었다.

하지만 재중은 그런 상황에서도 이상한 것을 눈치채고 단호하게 대처했기에 무사히 넘길 수 있었다고 생각하는 연아다.

"이성적으로 생각하면 돼."

재중은 연아의 말에 별것 아닌 것처럼 대답했다.

하지만 과연 그런 상황에 누가 재중처럼 이성적으로 대처할 수 있겠는가.

그 증거로 천서영과 캐롤라인도 재중이 갑자기 무섭게 경호원들을 다그치는 모습에 어리둥절했으니 말이다.

"오빠."

"……?"

"역시 오빠라는 생각이 드네."

"……?"

연아가 갑자기 무슨 말을 하는지 몰라서 재중이 고개를 갸웃거리자 연아는 피식 웃었다.

연아은 아직도 기억 깊이 간직하고 있었다.

자신을 찾아온 그날을 말이다.

무려 어린애가 성인이 되는 긴 시간이었다.

그 시간을 자신을 찾아 헤맨 재중이 아닌가?

그런 재중이 자신이 생각하는 것처럼 평범할 리가 없다는 게 연아의 판단이다.

뭐 아무튼 갑작스런 상황이 모두 정리가 되기까지 이후로 무려 일주일의 시간이 걸렸다.

차마 재중도 전혀 예상하지 못했던 긴 시간이다.

하지만 저택에서 함부로 나가지 못한다는 것 빼고는 큰 불편함은 없기에 그럭저럭 지낼 만은 했다.

그리고 일주일이 지나자 드디어 알리시아 공주가 저택으로 돌아왔다.

"피곤한 얼굴이군요."

재중이 나직하게 한마디 했다.

"그러게요. 설마 이렇게 갑자기 큰일이 벌어질 줄은……."

그런데 피곤하다는 알리시아 공주를 보고 있던 재중은 입가에 미소를 지었다.

"그보다 새로운 여왕이 되신 것을 축하드립니다."

"……."

재중의 인사에 알리시아 공주, 아니, 이제는 알리시아 여왕은 부끄러운지 고개를 살짝 숙였다.

사실 알리시아 공주는 다른 사람에게는 몰라도 재중에게만큼은 그저 평범한 여자나 마찬가지였으니 말이다.

이미 속속들이 그녀에 관해 모든 것을 알고 있고, 신승주의 배경이 되어주는 사람이기도 하다.

그리고 알리시아 여왕은 자신이 왕위를 잇는 대신 강력하게 신승주와 결혼식을 올린다고 밀어붙였던 것이다.

사실 그것 때문에 왕가에서도 반발이 있었다.

특히나 국왕파인 스페인 총리와 반대로 귀족파 사람들의 반대가 심했다.

하지만 총리가 앞장서서 막아주면서 어느 정도 진정되고 있는 상황이었다.

그러다가 터져 버린 것이다.

알프레도 6세가 죽는 날 아침 왕실 경호원에 무단으로 명령을 내린 사람이 누군지 말이다.

귀족파에서 재중의 이름을 듣고 자신의 편으로 끌어들이기 위해 기회를 보던 마드리드 의회 의원 중에 한 명이었던 것이다.

그런데 일이 풀리려고 그랬는지 그 의원은 지독한 귀족파의 중심에 있던 사람이기도 했다.

원래 다음 총리를 하기 위해서 준비하고 있던 사람이기에 귀족파의 타격이 상당할 수밖에 없었다.

팽팽하게 대립하던 알리시아 공주의 고집에 귀족파가 갑자기 수그러들면서 순식간에 물살을 타고는 그냥 날치기 비슷하게 성공해 버렸다.

물론 알리시아 공주의 결혼 문제가 말이다.

"후후훗, 그럼 이제 신승주 씨는 부왕이 되는 건가요?"

재중이 장난처럼 말하자,

"아마 그렇겠지만, 정치적으로 힘은 없을 거예요."

당연했다.

스페인 국민도 아니고 세계적으로 알아주는 대기업 사장도 아니었으니 말이다.

그저 유명한 작곡가일 뿐인데 무슨 힘이 있겠는가? 어쩌면 귀족파에서도 신승주에겐 어차피 힘이 없으니까 그냥 받아들였을지도 몰랐다.

"힘이라······."

재중은 알리시아 공주의 표정을 보고는 잠시 생각에 빠졌다.

그냥 돈만 많은 힘이 좋을까, 아니면 국가를 자신의 편으로 만드는 것이 더 이득일까 하고 말이다.

─마스터, 제가 조언을 하자면 돈보다 차라리 국가를 자신의 편으로 끌어들이는 게 더 이득이에요. 미래를 보면요.

기다렸다는 듯 대답하는 모습에 재중이 물었다.

'지금 내가 움직일 수 있는 돈이 얼마지?

─어느 정도 다 팔고 나면 200달러 정도 돼요, 마스터.

200억 달러면 한화로 22조 원 정도이다.

개인이 가지고 있는 돈이라고 생각하면 무시무시한 금액이다.

그런데 이게 당장 움직일 수 있는 돈이라는 말은 최소 총자산이 두 배 이상은 된다는 뜻이다.

한국의 1년 예산이 대충 200조 원인 것을 생각하면 재중이 움직일 수 있는 자금이 무려 한국의 1년 예산의 10%나 되는 금액이다.

그리고 그 금액은 한국보다 지금 알리시아 공주에게 더욱 필요한 금액이었다.

"알리시아 여왕님."

"그냥 공주님이라고 하세요. 왠지 낯간지러워서…….."

알리시아 여왕은 재중에게 여왕으로 불리는 게 왠지 어색하기도 했지만 갑자기 왕위에 올랐기에 무척 난감했다.

"200억 달러면 스페인의 입장에서 당장 3차 구제금융을 신청하는 데 아무래도 유리하겠죠?"

"…2, 200억 달러요? 그야… 그렇죠."

여왕이 되기 전에도 이미 왕실의 일원인 이상 스페인의 현재 경제 상황을 잘 알고 있는 알리시아 여왕이다.

그런데 그런 그녀에게 재중이 200억 달러의 지원에 대해서 이야기를 꺼내자 알리시아 여왕은 당황했다.

이미 스페인은 3차로 300억 유로의 3차 구제금융을 신청하려고 논의 중이었으니 말이다.

다만 그게 그리스와 맞물려서 서로 나눠야 한다는 것 때문에 마찰이 있었다.

즉 적게 금융 지원을 받을수록 유리하지만, 적게 받으면 다시 4차까지 갈 수도 있다는 위험이 있었다.

한국의 IMF 사태와 비슷하다고 생각하면 되는 상황이다.

그런데 재중이 과연 신승주를 위해서 200억 달러라는 돈을 그냥 준다고 할까?

그건 아니었다.

우선 알리시아 공주의 인성과 성격을 알고 있기에 믿을 만하다는 판단을 했다.

두 번째로는 신승주의 입지를 도와주기 위해서이기도 하지만, 재중이 도와주는 만큼 나중에 필요할 때 도움을 받기가 편해질 것이라는 계산이 서서다.

결혼을 위해서 개인적으로 도와주는 것과 왕가에 실질적으로 보탬이 되는 것, 과연 어떤 것이 나중을 위해 유리할까?

그건 당연히 왕가에 실질적으로 보탬이 되는 것이다.

물론 재중이 왕가의 이름으로 도와주어도 여왕에 즉위하자마자 스페인의 외환위기를 해결할 수는 없다.

하지만 숨통이 트여 어느 정도 여유를 가질 수 있을 정도의 자금을 나라에 내어준다면 왕실의 입지는 크게 올라갈 것이다.

거기다 알프레도 6세 때문에 바닥까지 떨어진 왕실의 체면과 인기도 한순간에 끌어 올릴 수 있는 회심의 카드가 될

테고 말이다.

재중의 입장에서는 알리시아 여왕의 영향력이 강할수록 도움이 될 수밖에 없다.

이대로 알리시아 공주가 여왕이 되었다고 해도 영향력은 미비할 것이고 왕가의 인기는 이미 바닥까지 떨어져서 국민들이 외면하는 상태이다.

한마디로 재중에게는 전혀 도움이 되지 않았다.

하지만 얼마간의 돈을 써서 왕실과 알리시아 공주의 위치를 끌어 올린다면 어떨까?

돈이야 어차피 테라가 벌어들일 것이다.

이미 돈 버는 것에 재미를 붙인 테라는 하루가 다르게 돈을 불리고 있었으니 말이다.

지금 당장 200억을 써도 짧게는 1년, 길게는 2~3년이면 최소 지금 쓴 돈의 두 배는 벌 수 있는 테라였다.

물론 벌지 않아도 상관은 없지만, 승부욕이 강한 테라의 성격상 아마 돈을 벌어다 놓을 것이 뻔했다.

그리고 재중이 돈을 지원해 준다고 하는 가장 큰 이유는 바로 스페인에서의 입지를 어느 정도 만들어놓고 싶은 마음이 있어서였다.

사실 알프레도 6세의 말 중에 딱 한 가지 맞는 것이 있었다.

좁은 곳에서 놀기보다 큰물에서 놀아야 한다는 것이다.

물론 재중은 연아가 시집 잘 가서 잘사는 모습을 보는 것이 최종 목표이기에 한국에서 계속 살게 될 것이다.

하지만 그건 연아가 결혼해서 잘살고 있을 때의 이야기다.

연아가 나중에 늙어서 죽게 된다면?

나중에야 어떨지 모르지만 정확한 자신의 수명조차 알지 못하는 재중은 연아가 살아 있는 동안에만 세상에 모습을 드러내기로 한 상태였다.

그 계획을 따져 보면 연아가 죽은 뒤에는 한국을 떠날 생각도 있다는 뜻으로도 풀 수 있다.

그때를 대비해서 스페인에 어느 정도 기반을 잡아놓을 생각인 것이다.

물론 브라질도 후보지 중 하나이다.

"재중 씨, 정말… 200억 달러를… 지원해 주실 생각이세요?"

재중이 지원만 해준다면 당장 알리시아는 엄청난 위력을 발휘할 수 있을 것이다.

거기다 재중의 능력을 아는 사람들이라면 어쩌면 2차 지원이 있을지도 모른다는 기대를 하게 될 것이다.

2차 지원은 재중도 생각해 봐야겠지만 우선 지금은 지원해 줄 용의가 있었다.

왕실의 입지를 튼튼하게 하는 것은 초반이 중요했다.

나중에 시간이 지나고 난 뒤에는 아무런 의미가 없었다.

거기다 지금 막 여왕에 오른 참이다.

국민의 눈과 귀가 왕실에 집중되어 있는 지금이 절호의 찬스였다.

"네, 예상보다 좀 스케일이 커졌지만, 이대로 신승주와 결혼해도 행복한 결혼 생활은 힘들 테니까요. 안 그런가요, 알리시아 여왕님?"

재중이 입가에 미소를 머금고 하는 말에 알리시아 여왕의 얼굴이 환하게 밝아졌다.

"당장 왕궁으로 같이 가주실 수 있죠?"

중요한 문제였기에 알리시아 공주가 서두르자 재중은 자리에서 일어섰다.

쇠뿔도 단김에 빼랬다고 이왕 몸이 달았을 때 밀어붙이기로 한 것이다.

"가시죠, 여왕님."

재중이 말하자 알리시아 여왕은 환하게 웃는 얼굴로 재중과 함께 저택을 나섰다.

Chapter 14
축의금의 클래스

재중귀환록

"헉! 200억 달러를 지원해 주신다니……."

스페인 총리는 알리시아 공주가 급하게 호출하는 바람에 오긴 했지만, 도대체 어떤 이유로 부른 것인지는 알 수가 없었다.

그런데 막상 와보니 재중이 스페인 왕실에 200억 달러를 지원해 준다고 하는 것이다.

총리는 너무나 놀라서 재중을 쳐다보았다.

스페인 국민도 아니다.

외국인이다.

그런데 무엇 때문에 그렇게 큰돈을 지원해 준단 말인가?

물론 빌려주는 것이긴 하지만 계약서를 보니 이자도 없다.

즉 무이자로 빌려준다는 것이다.

그리고 무엇보다 상환 기한이 황당했다.

"스페인 왕실이 유지되는 동안은 무기한 연장이라니… 이걸 믿어야 할지……."

재중이 시원해 주는 200억 달러의 상환 기한이 무기한이었던 것이다.

아니, 완벽하게 무기한이라고 할 수는 없지만 스페인의 왕실이 유지만 된다면 200억 달러는 공짜로 지원받는 셈이다.

"허억!! 이미 받았다는 말씀이십니까, 폐하?"

총리는 알리시아 공주가 넘겨준 왕실명의 통장을 보고는 기가 막힌다는 표정을 지었다.

이미 재중이 알리시아 공주에게 200억 달러를 준 후였으니 말이다.

마치 친구에게 돈 빌려주듯 줬다는 것에 총리는 재중을 보면서 물었다.

"이것으로 괜찮으시겠습니까?"

총리의 말투가 달라졌다.

아니, 달라질 수밖에 없었다.

총리는 전통적으로 왕가를 지원하는 집안의 사람이다.

그런데 그런 왕가를 재중이 전폭적으로 밀어주니 말투가 바뀌는 것은 당연했다.

"총리께서는 제가 신승주 씨를 지원하고 있다는 것을 아실 겁니다."

"네, 그야 잘 알고 있습니다."

이미 정계에서는 너무나 유명한 이야기였다.

그리고 총리가 알리시아 여왕을 위해서 신승주를 변호할 때 적극적으로 이용한 이름도 바로 재중이었다.

물론 이렇게 직접적인 도움을 바란 것보다 어떻게든지 설득하기 위해서 사용했을 뿐이다.

"그냥 결혼 선물이라고 생각하세요."

"……."

총리는 이건 통이 커도 너무 크다는 생각에 무슨 말을 해야 할지 판단이 서질 않았다.

결혼 선물로 200억 달러 지원이라는 말은 어디서도 들어본 적이 없으니 말이다.

그런데 그 순간 총리의 뇌리에 기발한 생각이 떠올랐다.

"그럼 지금 나눈 대화를 대외적으로 발표해도 될는지요, 폐하?"

총리가 묻자 알리시아 여왕은 오히려 기다렸다는 듯 승낙했고 재중도 고개를 끄덕였다.

"알겠습니다."

총리가 도대체 무슨 생각을 했는지 지금 당장은 알 수가 없었다.

그런데 그날 저녁 스페인 전역이 난리가 나버렸다.

"이야기 들었어?"

"뭘?"

"이번 여왕폐하 결혼식 찬조금으로 200억 달러를 준 사람이 있다던데."

"헉! 무슨 그럼 말도 안 되는 소리를!"

"아니야. 이걸 봐."

국민들은 신문과 뉴스를 보고는 한동안 이걸 믿어야 할지 말아야 할지 쉽게 판단이 서질 않는 모습이었다.

그런데 그건 시작에 불과했다.

알리시아 공주가 결혼 축하로 받은 200억 달러를 모두 국가를 위해서 넘긴다고 한 것이다.

왕가의 사람 중에 국가를 위해서 이렇게나 많은 돈을 준

왕은 단 한 명도 없었기에 국민들을 열광했다.

200억 달러면 완벽하진 않지만 국가적으로 사업을 하면서 어느 정도 숨통이 트일 수 있을 정도의 액수였으니 말이다.

"그런데 누구지? 200억 달러를 결혼 지참금으로 준 사람이 말이야."

"그러게."

국민들은 자연스럽게 200억 달러를 선뜻 준 사람이 누군지 궁금해서 찾기 시작했다.

그리고 때를 맞춰서 총리가 재중에 대한 정보를 흘리자,

"대단한 사람이다."

"친구를 위해서 200억 달러나 내놓다니……."

"진짜 친구가 뭔지 보여주는 사람이야."

"우정인 뭔지 제대로 보여주는 사람이군."

"한국이라……. 한국 사람은 모두 저럴까?"

총리는 신승주와 친한 재중이 친구와의 우정을 위해서 200억 달러를 결혼식에 쓰라고 준 것처럼 소문을 흘린 것이다.

그러면서 신승주와 재중의 우정을 노골적으로 강조했다.

요즘 세상에 우정을 위해서 그런 큰돈을 주는 사람이 어디 있겠는가?

이 소식은 스페인을 넘어서 순식간에 전 세계로 퍼져 나갔고, 그로 인해 스페인뿐만 아니라 전 세계 사람들이 재중을 알게 되었다.

할리우드 배우나 유명한 사람 못지않게 전 세계적으로 이름을 알리게 된 것이다.

특히나 스페인에서는 재중 덕분에 한국이라는 나라에 대한 인식이 완전 바뀌어 버렸다.

우정과 의리를 중요하게 생각하는 나라로 말이다.

그리고 연쇄 효과로 스페인에 진출해 있는 한국 기업도 덩달아 호황을 누리게 되었다.

특히나 천산그룹의 경우 전자제품으로 스페인에 진출해 이제 겨우 이름을 알리고 있는 중이었다.

그런데 재중의 인기 덕분에 순식간에 매출이 3위까지 뛰어올랐다.

스페인을 위해서 200억 달러를 준 재중도 있는데 한국산 제품 하나 사주는 것은 오히려 당연하게 생각되는 풍조가 퍼지자 순식간이었다.

*   *   *

"생각지도 못한 결과군."

재중은 그저 자신이 나중에 도움을 받기 위해서 했을 뿐이다.

이왕 나중에 도움을 받을 거면 힘이 있고 튼튼한 지원군이 필요했다.

그래서 과감하게 투자했던 것인데 결과적으로 스페인에서 한국 이미지가 엄청 좋아진 것이다.

스페인에서 한국 유학생이라고 하면 우선 악수부터 한다는 소리가 심심치 않게 들리는 것을 보면 엄청난 결과였다.

거기다 재중을 찾기 위해서 난리가 난 곳이 또 한 군데 있었다.

"재중 씨."

천서영이 부르기에 돌아보자,

"이번에는 캐나다 대사관에서 초대장이 왔어요."

아이러니하게도 각국의 대사관에서 재중에게 초대장을 보내기 시작한 것이다.

친하다는 이유로 200억 달러를 무기한으로 지원한 재중이다.

사실 처음에는 그걸 그대로 믿는 국가가 없었다.

너무 황당한 이야기였으니 말이다.

그런데 스페인의 반응이 너무 열광적이다 보니 각국에서 정말 그것이 사실인지, 아니면 스페인 정부에서 왕가의 이미지를 바꿔보려고 꾸민 자작극인지 알아보기 시작했다.

각국의 정보부가 움직인 것이다.

스페인 왕가의 일이다 보니 아무래도 정보부가 움직였는데, 그 결과 사실로 드러나자 난리가 나버렸다.

재중과 친해지면 나라의 외환 국고가 튼튼해지는 결과를 낳으니 말이다..

거기다 스페인이라는 확실한 증거가 있다 보니 이런 반응은 어쩌면 당연한 것이었다.

그리고 한국 대사관에서 몇 번이나 사람을 보내 재중을 찾아왔다.

대한민국 1년 예산의 10%가 되는 돈을 기부하듯 준 재중의 배짱에 놀란 국가에서 재중을 다시 보기 시작한 것이다.

그렇게 일이 잘 풀려가던 어느 날,

"재중 씨."

"……?"

천서영과 재중, 그리고 연아가 모처럼 함께 앉아서 이야기를 나누고 있는데 캐롤라인이 다급하게 재중을 찾아왔다.

"큰일 났어요!"

"큰일이라니?"

재중은 캐롤라인이 굳은 표정으로 하는 말에 고개를 돌려 쳐다보았다.

"방금 두바이에서 연락이 왔는데, SY미디어 직원들이 두바이 구치소에 구금되어 있다고 해요."

"구치소?"

휴가 잘 보내고 있을 SY미디어 직원들이 뜬금없이 왜 두바이 구치소에 들어가 있단 말인가?

갑자기 앞뒤 다 잘라 버린 캐롤라인의 말에 우선 차분하게 와서 앉으라고 손짓했다.

"지금 바로 날아가야죠. 직원들인데."

아무래도 시우바 그룹에서 자란 캐롤라인은 사원들이 구금되어 있다는 말에 크게 흥분한 듯했다.

반면 재중은 너무나 차분했다.

우선 상황을 알아야 결정을 내릴 수 있었다.

"자세하게 이야기해 봐요."

"그게 제가 놓고 온 짐이 있어서 두바이에 연락했는데,

재중 씨 소유의 팜 주 메이라 빌라에 있는 직원이 왜 이제야 연락했느냐고 하면서 말하기를 사고가 있었다고 해요."

"사고?"

"네. 재중 씨가 휴가 기간 동안 쓰라고 준 슈퍼카 말이에요."

재중은 휴가 기간 동안 맘대로 쓰고 나중에 돌아갈 때 가지고 가서 회사 공용 차로 쓴다고 했던 슈퍼카 이야기가 나오자 고개를 끄덕였다.

"그런데 그중 넉 대의 슈퍼카 주인이라는 사람이 나타나서 재중 씨 직원들을 모두 고발해 버렸다고 해요."

"……?"

뜬금없이 슈퍼카 주인이라는 말에 재중은 고개를 갸웃거렸다.

'테라.'

─네, 마스터.

'너 슈퍼카 훔친 거냐?'

재중은 테라가 주어서 썼을 뿐이기에 테라에게 물어 보았다.

─무슨 말씀이세요. 200억 달러도 그냥 기부하는 판에 그깟 몇 푼 한다고 그걸 훔쳐요. 마스터도 참.

'그렇지? 그런데 지금 저 이야기는 뭐냐?'

—그러게요. 저도 황당해요, 마스터.

테라에게 확인해 본 결과 너무나 황당한 상황이라 잠시 생각한 재중은 갑자기 좋은 생각이 떠올랐다.

"서영아."

"네, 재중 씨."

"이번 기회에 내 인기를 좀 실감해 볼까?"

"……?"

"……?"

마치 장난을 치기 직전의 악동 같은 표정을 본 천서영과 캐롤라인은 도대체 재중이 무슨 말을 하려고 저러는지 몰라 고개를 갸웃거렸다.

"음, 두바이에 영향력을 발휘할 수 있는 국가가 어디일까?"

"그야 석유 수입과 그곳에 건설 등 많은 도움을 주고 있는 국가겠죠."

두바이는 석유보다 건설 등으로 관광산업이 발달하고 있으니 외교 문제에 민감할 수밖에 없는 중동 국가 중에서도 좀 특이한 위치에 있었다.

"잠시 사람 좀 불러줘."

알리시아 여왕의 저택에서 재중은 거의 주인이나 마찬가

지였다.

그래서 사람을 부르자 바로 집사가 달려왔다.

"찾으셨습니까?"

이제는 왕궁에 사는 시간이 많은 알리시아 여왕이지만, 집사도 재중이 얼마나 큰 도움을 줬는지 잘 알기에 깍듯이 대하는 모습이다.

"혹시 두바이에 스페인 대사관이 있습니까?"

"네, 있는 걸로 알고 있습니다만……."

집사는 갑자기 두바이에 스페인 대사관이 있는지 묻자 대답은 했지만 영문은 모르겠다는 표정이다.

"두바이에 있는 스페인 대사관에 연락해서 이 사건 좀 알아봐 달라고 해주세요."

재중이 자세하게 적은 쪽지를 넘겨주자 집사는 그것을 받아 들고는 곧바로 직원 중 한 명에게 전했다.

그런데 직원이 저택 밖으로 나오자마자 직원에게 다가오는 사람들이 있었다.

"무슨 일입니까?"

재중이 저택 밖으로 잘 나오지 않는 상황이다 보니 재중과 관련된 정보를 얻기 위해 각국의 대사관에서 직원이 나와 재중이 나오기만을 기다리고 있는 중이였다.

그런데 때마침 직원이 나오자 기다렸다는 듯 그들이 모

여들었다.

그로 인해 순식간에 재중의 SY미디어 직원들 사정이 각 국에 퍼지기 시작했다.

"이 정도 도움은 줘야 나중에 우리도 약간의 도움을 받을 수 있지 않겠나?"

"우리가 먼저 도움을 줘야겠지?"

각국의 대사들이 곧바로 자국에 연락하자 무조건 도움을 주라는 명령이 떨어졌다.

그중에서 특히 스페인 대사관에서는 도움을 넘어 자세하 게 지시가 내려오기까지 했다.

"그 고소한 사람들을 찾으세요. 그리고 어떻게 된 일인지 확인하세요."

스페인 사람들이 보기에 재중이 슈퍼카 넉 대를 훔쳤다 는 것은 말도 안 되는 소리였다.

200억 달러를 우정의 증표로 주는 사람이 겨우 슈퍼카 넉 대를 훔쳤다면 누가 믿겠는가?

스페인에서 그걸 물어보면 미친놈 소리를 들을 것이 분 명했다.

그리고 다른 국가들도 상황이 비슷하기는 마찬가지였다.

200억 달러를 그냥 지원하는 사람이 겨우 슈퍼카 넉 대 를 훔쳤다고 믿은 두바이를 이상한 눈으로 쳐다보고 있을 지경이니 말이다.

당연히 한국 대사관도 발 빠르게 움직이고 있었다.

특히나 SY미디어 직원들이 대한민국 국민이기에 빠르게 움직이는 것은 당연했다.

하지만 그보다 지금 이 사건이 이슈가 되면서 국민들의 관심이 쏠린 게 더 문제였다.

두바이에 파견된 대사는 등에 식은땀이 흘러내릴 지경이었다.

청와대에서 확실하게 알아보라는 명령과 함께 무조건 SY미디어 직원들을 보호하라는 명령이 떨어졌으니 말이다.

그리고 그렇게 대사관들이 빠르게 움직일 무렵, 드디어 재중은 알리시아 여왕의 저택을 나와 공항으로 움직이기 시작했다.

"선우재중이 움직였다."

"목적지는 두바이."

이미 재중이 갈 곳을 알고 있는 사람들은 빠르게 흩어졌고, 딱히 재중을 미행하는 사람은 없었다.

어차피 재중이 갈 곳을 뻔히 아는데 미행하는 것은 바보 같은 짓이기도 했지만 굳이 그런 짓을 해서 미운털 박힐 짓을 할 필요가 없었으니 말이다.

*　　　*　　　*

"그럼 이제부터 정말 휴가 즐기는 거지?"

연아는 재중 때문에 스페인을 와서 거의 반 강제적으로 저택 생활을 계속하다 보니 답답했지만 딱히 내색할 수가 없었다.

재중이 나쁜 짓을 해서 그런 것도 아니고 오히려 너무 인기가 좋아서 나가지 못했으니 말이다.

"그래. 우선 두바이에 도착하는 즉시 대한민국 대사와 함께 SY미디어 직원들부터 데리고 나와야지."

"응."

만족한 듯 웃음 짓는 연아와 함께 천서영과 캐롤라인도 구금 아닌 구금에서 나름 벗어났다는 것에 표정이 많이 밝아져 있었다.

그런데 재중은 별것 아닌 것처럼 말한 것과 달리 눈을 감고 생각에 잠겨 있다.

'도대체 누구지, 슈퍼카를 훔쳤다고 신고한 놈이? 거기다 그걸 받아들인 두바이 정부도 그렇고, 뭔가 꺼림칙한데……'

재중은 뭔가 이상하게 기분이 꺼림칙했지만 어떻든 간에
SY미디어 직원들이 구금되어 있는 이상 대표로서 가봐야
할 책임이 있었다.

겸사겸사 스페인을 떠날 핑계가 생긴 셈이다.

『재중 귀환록』 14권에 계속…

데일리 히어로

FUSION FANTASTIC STORY

인기영 장편 소설

지금까지 이런 영웅은 없었다!

『데일리 히어로』

꿈과 이상을 가진 평.범.한. 고딩 유지웅.
하지만······
현실은 '빵 셔틀' 일 뿐.

그러던 어느 날, 유지웅의 앞에 나타난 고양이.
그(?)로 인해 모든 것이 바뀌었다.

선행! 선행! 그리고 또 선행!

데일리 히어로 유지웅의 선행 쌓기 프로젝트!

Book Publishing CHUNGEORAM

내일을 향해 쏴라

김형석 장편 소설

FUSION FANTASTIC STORY

1만 시간의 법칙!
'성공은 1만 시간의 노력이 만든다'는 뜻이다.

그러나…
사회복지학과 복학생 수.
전공 실습으로 나간 호스피스 병동에서
미지와 조우하다.

1만 시간의 법칙?
아니, 1분의 법칙!

**전무후무한 능력이 수에게 강림하다!
맨주먹 하나로 시작한 수의
인생역전이 시작된다!**

Book Publishing CHUNGEORAM

유행이 아닌 자유추구 –
WWW.chungeoram.com

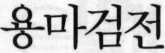

용마검전

FANTASY FRONTIER SPIRIT

김재한 판타지 장편 소설

「폭염의 용제」, 「성운을 먹는 자」의 작가 김재한!
또다시 새로운 신화를 완성하다!

『용마검전』

사악한 용마족의 왕 아테인을 쓰러뜨리고
용마전쟁을 끝낸 용사 아젤!

그러나 그 대가로 받은 것은 죽음에 이르는 저주.
아젤은 저주를 풀기 위해 기나긴 잠에 빠져든다.

그로부터 220년 후……

긴 잠에서 깨어난 아젤이 본 것은
인간과 용마족이 더불어 살아가는 새로운 세상이었다.

Book Publishing CHUNGEORAM

유행이 아닌 자유추구 ~
WWW.chungeoram.com

강준현 장편 소설

FUSION FANTASTIC STORY

개척자
Pioneer

『복수의 길』의 강준현 작가가 선보이는
2015년 특급 신작!

글로벌 기업의 총수, 준영.
갑자기 찾아온 몽유병과 알 수 없는 상황들.

"…누구냐, 넌?"
혼돈 속에서 순식간에 바뀐 그의 모든 일상.
조각 같던 몸도, 엄청난 돈도, 뛰어난 머리도 모두. 사라졌다!

스스로도 알 수 없는 낯선 대한민국의 밑바닥부터
다시 시작해야 하는 준영.

"젠장! 그래, 이렇게 산다!
대신 나중에 바꾸자고 하면 절대 안 바꿔!"

그는 과연 이 상황을 극복하고 자신의 운명을
새롭게 개척해 나갈 수 있을 것인가!

Book Publishing CHUNGEORAM

유행이 아닌 자유추구 -
WWW.chungeoram.com